NICOLA LECCA

Hotel Borg

Buch

Als Alexander Norberg der Öffentlichkeit mitteilt, dass er den begehrten Posten des Chefs der Berliner Philharmoniker ablehnen und sich nach einem allerletzten Konzert für immer zurückziehen wird, bricht in der Musikwelt ein Tumult aus. Noch nie hat es jemand gewagt, diese Position abzulehnen. Ungerührt beginnt Norberg mit den Vorbereitungen für sein letztes Konzert. Es soll nicht mehr und nicht weniger als die Inszenierung eines Augenblicks der totalen Vollkommenheit werden. Er legt Ort – eine kleine kalte Kirche im fernen Island – und Ablauf fest. Er wird Giambattista Pergolesis »Stabat Mater« dirigieren. Begleiten werden ihn zwei Sänger, die ihrerseits eine Form des Absoluten verkörpern.

Während der zweiwöchigen Proben in der kalten Domkirche neben dem Hotel Borg in Reykjavík sitzt bei beißender Kälte ein junger Mann auf den Stufen vor der Kirche. Oscar, Portier in einem Londoner Luxushotel, hält ein Schild in der Hand, auf dem geschrieben steht, dass er für eine Konzertkarte alles tun würde. Doch sein Ansinnen scheint aussichtslos. Die zweiundfünfzig zufällig aus dem Telefonbuch ausgesuchten Zuhörer wollen alle beim Konzert dabei sein. Und dann kommt eines Tages der ätherisch schöne androgyne Hákon an der Kirche vorbei. Hákon ist der Traum jeder Frau – ungebunden, verführerisch, aufreizend. Auch er gehört zur ausgewählten Zuhörerschaft. Und das Angebot des jungen Mannes auf den Kirchenstufen reizt ihn in seiner Maßlosigkeit. Das Konzert ist ihm vollkommen gleichgültig, und so verführt er Oscar zu einem gefährlichen Spiel.

Autor

Nicola Lecca, 1976 in Cagliari, Sardinien, geboren, ist Autor und Musikkritiker und wurde für seine Bücher bereits mehrfach ausgezeichnet und für den Premio Strega nominiert. »Hotel Borg« ist sein drittes Buch. Er lebt zurzeit in Barcelona.

Nicola Lecca

Hotel Borg

Roman

GOLDMANN

Die Originalausgabe erschien 2006
unter dem Titel »Hotel Borg«
bei Arnoldo Mondadori Editore, Mailand.

FSC
Mix
Produktgruppe aus vorbildlich
bewirtschafteten Wäldern und
anderen kontrollierten Herkünften

Zert.-Nr. SGS-COC-1940
www.fsc.org

Verlagsgruppe Random House FSC-DEU-0100
Das für dieses Buch verwendete FSC-zertifizierte Papier
Holmen Book Cream liefert Holmen Paper, Hallstavik, Schweden.

1. Auflage
Taschenbuchausgabe Februar 2009
Wilhelm Goldmann Verlag, München,
in der Verlagsgruppe Random House GmbH

Umschlaggestaltung: Design Team München
Umschlagfoto: Horst Mink
IK · Herstellung: Str.
Druck und Bindung: GGP Media GmbH, Pößneck
Printed in Germany
ISBN: 978-3-442-46919-2

www.goldmann-verlag.de

Für Einar Örn,
Margrét, Rósa, Arna
Björk und Arndís Ósk,
meine Familie in Island

Being beauteous, das mag die Musik ausdrücken,
in der Sprache ist Schönheit nicht auszudrücken.

Ingeborg Bachmann

ERSTER TEIL

ERSTER AKT

Die Langeweile

(…)

Jetzt steht Oscar still: Er wirkt wie ein Ehrengardist irgendeiner Operettenmonarchie. Er trägt eine Jacke aus rotem Samt mit zwei Reihen vergoldeter Knöpfe, und die Handschuhe, schneeweiß, rücken die runde Kappe ein wenig zurecht. Auch die Hose ist rot: Oscar hat sie heute Morgen, bevor er sich zur Arbeit aufgemacht hat, ordentlich gebügelt. Unterwegs ist er im Autobus stehen geblieben, aus Angst, sie zu zerknittern: Aber der Bus, mit dem er fährt – die Nummer 36 –, ist alt und schwankt so sehr, dass man schon das Talent eines Gleichgewichtskünstlers bräuchte, um wirklich still stehen zu bleiben.

Während er aber jetzt regungslos dasteht, beobachtet Oscar die erfahrenen Kollegen, die an den vielen Tischen Tee servieren, und denkt, dass eines Tages auch er das ovale Tablett voller belegter Schnitten tragen darf und das noch größere, auf dem mit Sahne und tropischen Früchten verziertes Feingebäck präsentiert wird.

In dieser Hinsicht hatte die für die Einstellungen zuständige Dame keinen Zweifel aufkommen lassen. Sie hatte ihm gesagt: »Die ersten Monate werden schwierig und sterbenslangweilig sein. Du wirst die ganze Zeit am Eingang des Café-Restaurants *The Promenade* stehen und mit einer Verbeugung die eintretenden Gäste begrüßen und die hinausgehenden verabschieden müssen. Erst später, wenn du dich mit dem Saal und dem Verhalten der anderen Kellner vertraut gemacht hast, kannst auch du anfangen, den Tee, die Scones mit der Orangenmarmelade und das Übrige zu servieren.« Oscar hatte dieser Frau schweigend zugehört und war, ohne ihre Warnung ernst zu nehmen, zu der Überzeugung gelangt, dass es eine gute Sache war, für das Grüßen der Reichen bezahlt zu werden, und dass er vor der Langeweile gewiss keine Angst hatte.

Ihm machte vielmehr das ermordete Kind zu schaffen, dessen Bild nachlässig an die Laternenpfähle von Peckham geklebt war, jenem Viertel, in dem er wohnte: MORD stand dort geschrieben, in Rot, und dann, gleich darunter: »Wenn Sie helfen können, den Schuldigen zu finden, melden Sie sich bei der Polizei.«

Jeden Morgen, wenn er zur Arbeit ging, blickte ihn von dem Foto das bereits tote, aber sonderbar lächelnde Kind an und stimmte ihn traurig. Oscar versuchte immer, nicht darauf zu achten, aber es war unmöglich, denn dem Bild des toten Kindes konnte man nicht entrinnen. Es befand sich überall: in den Schaufenstern der Geschäfte, in den Bussen und auch in der Bücherei dieses sehr gefährlichen, aber preiswerten Viertels, in dem einige schuldengeplagte Familien bereit waren, ihr kleines Mansardenzimmer für weniger als 50 Pfund die Woche an junge Studenten zu vermieten.

Doch Peckham war eine triste Gegend: In seinen Läden wurden exotische Wurzeln, künstliche Fingernägel und gestohlene Handys verkauft, und die Hühnchen – die nach ihrer Anlieferung am Morgen schon lange nicht mehr tiefgekühlt waren – lagen auf dem Gehsteig vor den Geschäften herum, und über den absonderlichen Haufen war ein Schild angebracht, auf dem stand: »Jedes Hühnchen nur £ 3,00«.

Es war eine Ironie des Schicksals, dass Oscar, sobald er in London war, im Laufe eines Tages zwei Wirklichkeiten erleben sollte, die unterschiedlicher und gegensätzlicher nicht hätten sein können: Morgens erwachte er im Kleineleuteviertel Peckham, und bald darauf begab er sich in die vergoldete Pracht des Hotels Dorchester, das sogar korinthische Säulen und Mosaikböden mit altem orientalischem Muster besaß. Dieser gewaltige Gegensatz amüsierte ihn: Abends, wenn er vom gedämpften Licht und den gesitteten Gästen des *Promenade* genug hatte, kehrte Oscar gern zurück nach Peckham mit seinen karibischen Klängen und den intensiven Aromen der Gewürze, die ihn, wenn er aus dem Autobus stieg, regelrecht ansprangen und sich so miteinander mischten, dass sie auch in seinem Kopf eins wurden.

(…)

Oscar ist in Göteborg geboren, nicht weit von dort, wo sich das südliche Schweden und Norwegen berühren. Im Gegensatz zu dem, was man sich über die nordischen Länder erzählt, ist Göteborg eine glückliche Stadt, und am Morgen gehen die Kinder mit den geöffneten Lippen ganz nah an die Scheiben der Straßenbahn heran, um Dampfwölkchen darauf zu hauchen. Draußen ist es kalt: Die Straßenbahn ist weiß und blau. Oscar gefällt die Straßenbahn: Sie ist langsam und gibt während der Fahrt altertümliche Geräusche von sich.

Oscars Vater ist Blumenhändler. Um die Wahrheit zu sagen: Dieser Mann ist der wichtigste Florist der ganzen Stadt und hat seinen Laden in der Kungsgatan, was ja so viel wie »Königsallee« bedeutet.

Er ist hoch gewachsen, trägt eine große, ein wenig altmodische Brille mit schwarzem Rand und ist so stolz auf sein Geschäft, dass er dann oft, wenn er am Abend nach Hause geht, traurig ist, weil er mit der eigenen Familie am Tisch sitzt und statt seiner Blumen die dicke Kohlsuppe vor Augen hat.

Zu Beginn der siebziger Jahre – als Oscar noch nicht auf der Welt war – ist einmal die Schauspielerin Greta Garbo kurz in seinem Laden gewesen, und seither hat er die Tätigkeit des Floristen sehr ernst genommen und sich ihr mit einer außergewöhnlichen, fast schon obsessiven Hingabe gewidmet.

Es ist November, und es kommen keine Kunden, weil noch niemand Weihnachtsdekorationen bestellt. Deshalb hört Oscars Vater irgendwann auf, seine Zeitung zu lesen, und blickt zur Tür: Genau in diesem Moment bleibt davor ein langes schwarzes Auto stehen. Gleich darauf hält der Chauffeur, der eilig den Fahrersitz verlassen hat, die Fondtür auf.

Heraus steigt eine Frau, mit Grazie: Es ist Greta Garbo.

Oscars Vater sieht, wie die Schauspielerin sein Geschäft betritt und langsam, mit einem kaum wahrnehmbaren Lächeln, auf die Ladentheke zugeht. Es sind nur wenige Augenblicke, und dennoch machen sie in ihrer Kürze einen überwältigenden Eindruck auf diesen Mann. Greta Garbo ist noch immer schön: Sie hat eine hohe Stirn und geheimnisvolle Augen. Und während sich Oscars Vater diesen wie von Giotto gemalten Blick einprägt, spricht ihn die Schauspielerin zögernd an. Sie sagt: »Ich möchte Blumen nach Stockholm schicken: zwölf Rosen. Zwölf weiße Rosen.« Und fügt dann hinzu: »Ist das möglich?«

»Aber selbstverständlich! Wir sind Mitglied bei Interflora«, antwortet er ihr stolz und nimmt sofort ein Formular für die Zustellung in alle Länder der Welt zur Hand. Er beginnt, es nach Diktat auszufüllen, ist aber dermaßen aufgeregt, dass er sich sowohl beim Empfängernamen als auch bei der Adresse verschreibt. Die Garbo bemerkt, welche Emotionen sie auslöst, und freut sich darüber. Unterdessen hat Oscars Vater eine Idee: Er möchte sich diesen Augenblick zunutze machen und fragt die Schauspielerin, ob er ein Foto von ihr machen darf.

Sie sagt Ja, ohne sich dessen bewusst zu werden. Und seitdem ist ihr Bild gut sichtbar im Laden ausgestellt, und alle, die ihn zum ersten Mal betreten, müssen es zwangsläufig zur Kenntnis nehmen und neugierig fragen: »Die Garbo ist Ihre Kundin gewesen?«

Dann fühlt Oscars Vater, wie ihm ein Schauder den Rücken hinunterläuft; er holt tiefer Atem als sonst und antwortet: »Ja, Frau Garbo ist *lange Zeit* meine Kundin gewesen.«

Wenn er dies sagt, weiß er, dass er die Wahrheit ein wenig verdreht, aber er sagt es trotzdem, weil es im Grunde harmlos ist, und vor allem weil Greta Garbo, wenn auch nur ein einziges Mal, sein Geschäft tatsächlich betreten und ihm den Auftrag gegeben hat, zwölf weiße Rosen nach Stockholm zu schicken, in die Residenz des dänischen Botschafters.

Oscars Vater hat diese Episode inzwischen mehr als tausendmal erzählt: Dennoch hat er noch nicht genug davon. Er würde sie gern immer wieder erzählen. Denn in seinem Leben hat es wenige Aufregungen gegeben, und von allen ist diese gewiss die aufregendste gewesen.

(…)

Am Anfang kam Oscar London leicht vor. Er wohnte zunächst in *The Oval* und teilte sich das Zimmer mit drei ziemlich chaotischen jungen Franzosen, die oft auf das Schlafen verzichteten. Sie waren es, die ihm – weil sie seine Klagen leid waren – nahelegten, sich *Loot* zu kaufen, ein buntes Blatt voller Anzeigen und Inserate, in denen, damals wie heute, alles nur Erdenkliche angeboten wurde: Oldtimer, Schaukelstühle, Gartengeräte, Meeresschildkröten und, im Bedarfsfall, auch Gesellschaft für den Abend. Oscar gefiel der Gedanke, zwischen den Zeilen einer solchen Zeitung eine Bleibe zu suchen, und sobald er den Kiosk gegen das schmale Tischchen eines Cafés eingetauscht hatte, begann er, die vielen Annoncen zu studieren. Er war zuversichtlich, am Ende aber enttäuscht: Alle verlangten eine zu hohe Miete. Besonders in den Stadtteilen Kensington und Knightsbridge, wo eine Einzimmerwohnung genauso viel kostete wie eine geräumige Villa zwischen den Schären von Göteborg.

Während Oscar seine Suche fortsetzte, fiel ihm bald der Stadtteil Peckham auf, und er las voller Ungeduld einige der Anzeigen, in denen billige Unterkünfte angeboten wurden, ging dann, von einer bestimmten angelockt, in eine Telefonzelle und erkundigte sich: Am anderen Ende der Leitung war eine Frau.

Das Zimmer, das untervermietet werden sollte, war noch zu haben, und sie forderte ihn auf, am Mittag zu kommen: »Du musst den Autobus Nummer 36 nehmen und an der Haltestelle Queens Road aussteigen: Da warte ich auf dich.« Oscar war dorthin gefahren und hatte die Frau getroffen, eine Dame aus Trinidad, die schnell ging und wenig sagte.

»Wir müssen uns beeilen«, sagte sie gleich zu ihm und brauchte nicht zu erklären, dass Peckham ein Viertel war, in dem es ziemlich lebhaft zuging, und dass man sich in so einer Gegend unmöglich langweilen konnte.

Oscar blickte sich um: Er sah Verkaufsstände, die Tapioka feilboten, merkwürdige Geschäfte, die mit Gemüse aller Art und Stapeln vergammelter Bananen dekoriert waren, aber auch eine Bäckerei, die nebenher Medikamente verkaufte. Es gab sogar einen Laden, in dessen Schaufenster eine Reihe Wohnzimmertischchen in Leopardengestalt aufgestellt war. Genau daneben befand sich sein neues Haus. Oscar trat ein und zog sich sofort die Schuhe aus.

Das Zimmer lag im obersten Stockwerk, und man konnte, wie das Inserat versprochen hatte, wenn man angestrengt aus dem Fenster schaute, ganz in der Ferne die Kuppel der Saint Paul's Cathedral erkennen. Es war sparsam und schlicht möbliert, und an den Wänden klebte eine bizarr gemusterte Tapete mit blauen und grünen Pfauen.

Sie einigten sich auf 48 Pfund pro Woche, was wirklich wenig war. »Aber du musst dich um die Katze kümmern, wenn ich – donnerstags – zu meiner Schwester nach Cambridge fahre«, hatte sie zu ihm gesagt, ohne eine Widerrede zu dulden.

London wirkte auf Oscar von Anfang an widersprüchlich und schmuddelig – privilegiert zwar, aber eine Niemandsstadt, in der wichtige Ereignisse stattfanden und schnell vergessen wurden. Vielleicht aus diesem Grund konnte er, als er sie zum ersten Mal mit dem Bus durchquerte, nichts Besonderes empfinden. Später sollte er in sein Tagebuch schreiben:

London ist eine viel zu große Stadt: hässlich, aber schön zum Wohnen. Sie ist wie ein tiefer Teich: Oben schwimmen die Seerosen und unten die fetten, weichen Kröten.

(…)

In Göteborg floss Oscars Leben ruhig dahin, und ruhig umspülte es ihn, Tag für Tag, auf immer dieselbe Weise. So ist Göteborg: Eine gemächliche Stadt, in der die Lichter der Straßenlaternen nachts nur schöne Dinge beleuchten. Oscar liebte sie vor allem im Sommer, wenn er für ein paar Tage bei einem Freund zu Besuch war. Dessen am Wasser gelegenes Haus war ganz aus Holz und weiß, aber das haselnussfarbene Dach trug deutlich die Spuren des geschmolzenen Schnees: runde Flecken von der Art, wie Luftblasen sie zurücklassen. Auch die Mauern litten unter der Feuchtigkeit wegen der Nähe zum Strand, der breit und ständig durchnässt war. Die Sonne ging immer sehr spät unter, und Oscar blieb, um diese lang anhaltende Helligkeit möglichst ausgiebig zu genießen, regungslos ausgestreckt auf dem Sand liegen, und lauschte der kurzen, gewichtigen Welle, die das Meer heranrollte und die seine nackten Knöchel benetzte.

Alle Gedanken tauchten vor ihm auf und nahmen in der Stille jener Abende eine so in die Länge gezogene, fadenförmige Gestalt an, dass sie fast nicht wiederzuerkennen waren. Es war die Heiterkeit der Langeweile: Oscar genoss sie in kleinen Zügen, bis es vor Einbruch der Nacht kühl wurde und am bereits dunklen Himmel die Sterne erschienen. In diesen Momenten dachte Oscar, dass er niemals von Göteborg weggehen und eines Tages ein Haus in Meeresnähe kaufen würde. Das würde er dann mit den Noten von Strauss' *Capriccio* und Pergolesis *Stabat Mater* bemalen, seinen liebsten Musikstücken, die zeitlich sehr weit voneinander entfernt, aber seinem Herzen, dem eines Romantikers, gleichermaßen sehr nahe waren.

Doch das Schicksal lässt sich niemals so einfach vorhersehen, und im Herbst hält es für Oscar eine Überraschung bereit: Es ist Ende September; es ist schon sehr kalt in der Stadt, und, in die Wolke ihres Atems gehüllt, bewegen sich die Menschen schnell voran. Oscar ist gerade in der Drottninggatan unterwegs, als er plötzlich feststellt, dass das Thermometer fünf Grad unter null anzeigt. In diesem Augenblick geschieht es. Vielleicht durch Suggestion oder infolge irgendeines anderen unbewussten mentalen Prozesses spürt er, dass seine Hände vor Kälte taub werden. Da betritt er einen Secondhandladen und durchstöbert einen Korb voller Handschuhe und Mützen. Aus der verfilzten Wolle dieser Kleidungsstücke erhebt sich sofort der Geruch nach Altem, Abgestandenem. Es ist ein beängstigender Geruch: Oscar fühlt, wie er seine Nase emporsteigt und leicht an dem weichen Fleisch seiner Kehle kratzt, und er empfindet Ekel. Da wird ihm blitzartig klar, dass Göteborg eine Stadt ist, die sich für jemanden eignet, der viele Erinnerungen hat und einen ruhigen Ort braucht, wo er diese genießen kann. Er begreift auch, dass er selbst nur wenige Erinnerungen besitzt und dass ein weiteres Verbleiben in Göteborg ein Akt des Hochmuts wäre angesichts der Möglichkeiten, die die Welt ihm anderswo bieten könnte. Für immer in Göteborg zu bleiben würde nämlich bedeuten, in einem Gefäß zu leben, das vielleicht schön, aber eng ist und zu hoch, als dass man seine Öffnung sehen könnte. Wie viel Leben würde er an einem derart geschützten Ort versäumen, und wieviel Schmerz würde er sich andererseits ersparen: weil in Göteborg die ganze Bandbreite von Schmerz und Glück durch die Kleinheit der Stadt notwendigerweise begrenzt ist und weil alle in einem Schwebezustand zwischen einer leichten Form von Verdrießlichkeit und einer vagen Heiterkeit existieren.

Daran dachte Oscar, als er an jenem Tag nach Hause kam. Sein Vater und seine Mutter bereiteten gerade das Abendessen zu und stritten über die Gasrechnung. Er trat ein, und in dem Augenblick, da er auf den gedeckten Tisch zuging, kam ihm der Gedanke zu fliehen. Er dachte sofort an London: eine Stadt, in der die Leidenschaften einen Siedepunkt erreichen und die Qualen tief und schmerzhaft sein würden.

Natürlich käme Berlin der skandinavischen Mentalität viel näher: Aber Oscar erinnerte sich an Hitler, und gleich darauf fiel ihm als Kontrast das Gesicht von Winston Churchill ein, und das überzeugte ihn davon, dass er den Engländern mehr trauen konnte.

In der Nacht betrachtete er, während er sich auszog, streng das eigene Spiegelbild, und er begriff, dass er zwar bald weggehen wollte, dass er aber auch ein wenig Angst hatte: Angst, das fast vollkommene Gleichgewicht seines Gemütszustandes zu verlieren.

Und schon zuckte ein Schmerz durch seine Augen. Oscar sah, wie dieser seine Pupillen erweiterte und seinen Blick flackern ließ. Er regte sich nicht: Er wollte sich noch länger betrachten.

»Wenigstens vor mir selbst will ich keine Angst haben«, dachte er. Und er zog den Pyjama an, aus dessen Ärmeln mit den ausgeleierten Manschetten seine langen Erwachsenenarme schon längst herausgewachsen waren.

Er legte sich ins Bett und entfaltete in einem alten Großbritannien-Reiseführer die Karte der Londoner Untergrundbahn. Die verschiedenen Linien überschnitten sich elegant, und das ganze Schienennetz der Züge wirkte so harmonisch und linear: Es war viel eher ein wunderbares Stück Art déco als ein Zugstreckenplan. Oscar fragte sich, ob es wirklich möglich sei, dass die Züge die Stadt mit solcher Präzision durchschnitten. Er wusste noch nicht, dass die Londoner U-Bahn voller Ratten und schwarzer Pfützen ist, und er konnte sich auch nicht vorstellen, dass diese Linien in Wirklichkeit alle krumm waren und ihr scheinbar perfektes Muster eine Täuschung war – eine der vielen Täuschungen, die London bereithielt.

(...)

Dank der Erfahrungen, die er im Sommer gemacht hatte, als er in der Jugendherberge von Göteborg und im Schloss von Gunnebo gearbeitet hatte – wo die Familien, die der Vergangenheit nachtrauerten, zur Feier von Taufen und Hochzeiten Kostümfeste veranstalteten –, fand Oscar in London problemlos eine Stelle. Von Göteborg aus hatte er seine Bewerbung samt Lebenslauf an viele Hotels geschickt, so auch an das berühmte Hotel Dorchester an der Park Lane, das als einziges Interesse bekundete und ihn zu einem Vorstellungsgespräch einlud. Oscar, der fließend und mit Nachdruck sprach, hatte die für die Einstellungen zuständige Dame davon überzeugt, dass er bereit war, mit der Arbeit in einem Luxushotel zu beginnen.

Er hatte alle Fragen präzise beantwortet, und als die Frau ihn gefragt hatte: »Warum hast du dich ausgerechnet für das Hotel Dorchester entschieden?«, hatte er ihr – ohne zu erwähnen, dass er sich tatsächlich an viele der anderen großen Hotels, wie das Savoy, das Ritz und das Claridge's, gewandt hatte – geantwortet: »Weil das Dorchester das beste von allen ist und ich nur ungern irgendwo anders arbeiten würde.«

Daraufhin hatte die Frau ganz erfreut gelächelt und, ohne zu ahnen, dass man ihr nur geschmeichelt hatte, Oscar den Arbeitsvertrag überreicht. Sie hatte ihn aufgefordert, sich diesen zweimal durchzulesen und ihn am folgenden Montag unterschrieben zurückzugeben, an dem Tag, an dem er anfangen sollte. »Sei bitte pünktlich. Die Schneiderin muss dir die Uniform aussuchen und die Hose kürzen.«

(…)

An diesem Montagmorgen erscheint Oscar rechtzeitig am Personaleingang.

Ein blasser Mann begleitet ihn durch enge und niedrige Korridore bis zur Wäscherei, die zugleich der Aufbewahrungsort der Uniformen und das Reich der Schneiderin ist, einer schon älteren Frau mit weißem, dünnem Haar.

»Was für eine Größe hast du, mein Junge?«, fragt die Frau gleich, ohne ihn auch nur begrüßt zu haben.

»Größe 46«, antwortet er und meint die europäische Kleidergröße.

»46? Da irrst du dich bestimmt, mein Junge: Ich habe noch nie jemanden mit so einer Größe gesehen, nicht einmal einen Elefanten … Ich würde meinen«, sagt sie und legt ihm die Hände um die Taille, »dass dir die 31 ganz genau passt.«

Oscar muss über die Tatsache schmunzeln, dass man in England Wert darauf legt, die Kleider anders zu messen als überall sonst.

»Du musst also der neue ›Grüßer vom Dienst‹ sein«, fängt die Schneiderin wieder an.

»Der ›Grüßer vom Dienst‹?«

»Derjenige, der die Gäste begrüßt, wenn sie das Restaurant betreten: Das bist doch du?«

»Ja, das bin ich, aber …«

»Kein Aber! Es handelt sich um eine langweilige Arbeit: den ganzen Tag lang ›*Good morning, ladies – gentlemen*‹ oder ›*Goodbye, madam*‹ zu sagen: Ich würde verrückt. Ein Glück, dass ich zur Schneiderin geboren bin! Hier, mein Lieber, geh hinter den Paravent, ich wette, dass dir die Uniform Größe 31 wie angegossen sitzt: Seit über dreißig Jahren arbeite ich hier, verstehst du? Und ich habe mich noch kein einziges Mal bei den Größen geirrt. Aufs Augenmaß kommt es an! Erfahrung braucht man: Das ist es, was man braucht.«

Aber die Schneiderin ist nicht unfehlbar, und die Uniform ist tatsächlich ein bisschen eng: Oscar merkt es sofort und tut trotzdem so, als ob nichts wäre. Während die Frau die Hosenlänge abmisst, fragt er sie, ob es schön sei, für das Hotel Dorchester zu arbeiten.

»Es ist wunderbar«, erwidert sie und fügt mit Stolz und Nachdruck hinzu: »Hier trifft man berühmte Leute. Joan Crawford zum Beispiel, aber auch Joan Sutherland: lauter Joans, wie der Zufall so spielt, aber auch Jane Birkin und Sofia Loren.«

Und während sie erzählt, wie sich die Prinzessin von Schweden einmal bei einem Hochzeitsempfang die Handschuhe schmutzig gemacht hat, lächelt Oscar sie an und denkt, dass diese Schneiderin, mit ihrem Sinn für die Berühmtheiten, mit seinem Vater, dem Blumenhändler, bestimmt Freundschaft schließen würde.

(…)

Als Oscar zum ersten Mal das Café-Restaurant *The Promenade* des Hotels Dorchester betrat, spielte der Pianist gerade *La vie en rose*. Es war Vormittag, und es waren wenige Gäste da. Der Saal wirkte noch länger als gewöhnlich und war erfüllt vom berauschenden Duft frischer Blumen. Alles war perfekt. Fast irreal, und es hatte den Anschein, dass nichts Schlimmes passieren könnte. In Wirklichkeit war das *Promenade* des Hotels Dorchester ein einziges großes Glockenspiel, in dem sich alles in einem bestimmten Rhythmus abspielte, und das jeden Tag immer wieder aufs Neue. Oscar wusste es noch nicht, aber er war im Begriff, zu einem der mikroskopischen Rädchen zu werden, die notwendig waren, damit alles reibungslos funktionierte.

Sobald er seine Stelle angetreten hatte, verkürzte sich die Zeit, die ihm zur Verfügung stand. Und er gewöhnte sich an, in einer gewissen Armut zu leben, um wenigstens einen kleinen Teil seines Lohns zu sparen. Deshalb kannte er nur wenig Zerstreuung: Auf die Musik jedoch verzichtete er nie.

Seine größte Entdeckung war die Royal Festival Hall: ein Konzertsaal in einem sowjetisch anmutenden Baustil, den die Engländer nach dem Ende des Zweiten Weltkriegs in aller Eile hochgezogen hatten. Die junge Elisabeth hatte ihn als Begleiterin ihres Vaters König Georg eingeweiht, aber seither war sie nur sehr selten dorthin zurückgekehrt, weil sie das Sinnfällig-Öffentliche der Pferderennen dem Verschwiegen-Innerlichen der Musik vorzog. Weil die Royals sie mit Missachtung straften, war die Royal Festival Hall schon bald heruntergekommen, und da sich niemand je darum gekümmert hatte, die Sitze oder die Teppiche zu erneuern, war alles so geblieben wie am Tag der Einweihung. An den abgegriffenen Armlehnen der Sessel quoll Schaumgummi aus den Löchern und den Rissen, die im brüchigen Lederbezug klafften. Nachts durften dann die Mäuse ungehindert durch die Räume wandern, in denen die Eintrittskarten verkauft wurden, und auf die Jagd nach den Krümeln gehen, die im Erholungsraum übrig geblieben waren, in dem die ältesten Angestellten ihre nicht enden wollende Mittagszeit verbrachten. Trotz alledem traten dort regelmäßig die bedeutendsten Orchester der Welt auf, und die Solisten rissen sich darum, hier zu gastieren. Aber es war kein Ort nur für Reiche: Die billigsten Plätze von allem – die roten Bänke, auf denen gewöhnlich der Chor sitzt – boten Oscar die Gelegenheit, die großen Konzerte von der anderen Seite, dem restlichen Publikum gegenüber, zu erleben und dem Dirigenten des Orchesters ins Gesicht zu sehen: Vielleicht deswegen wühlte ihn, der zwar Musik studiert hatte, aber ohne Erfolg, der Besuch solcher Konzerte immer ein wenig mehr auf als die anderen Zuhörer.

Viele Studenten saßen neben ihm, und es war leicht, Freundschaften zu schließen. Während der Pause unterhielt sich Oscar immer mit ihnen und teilte mit ihnen die hart gekochten Eier und die Brotschnitten, die er mitgebracht hatte. Die Konzerte fanden außerdem zu einer günstigen Zeit statt: Sie begannen um halb acht. Eine Stunde nach Dienstschluss.

Es blieb also genug Zeit für einen ausgiebigen Spaziergang. Nach so langer Reglosigkeit verspürte Oscar eben das Bedürfnis zu gehen: So ging er die Park Lane hinunter bis zum Buckingham Palace, über die Mall und, wenn er den Trafalgar Square erreicht hatte, durch The Strand bis zur Waterloo Bridge. Hier geriet er immer ins Schwärmen, und auch wenn es kalt war, blieb er stehen, um die Schleife des Flusses und all die Bauten am Ufer zu betrachten.

Einmal, als Oscar auf dieser Strecke unterwegs war, merkte er, dass ihm viele Polizeiautos entgegenkamen: Ihnen folgte ein seltsames schwarzes, prachtvolles Gefährt. Darin saß eine kleine, alte Frau in einem mauvefarbenen Pullover. Oscar konnte sie gut sehen, weil der Konvoi langsam fuhr. Sie war es, die Königin, die nie Konzerte besuchte: Elisabeth II. von England.

An demselben Abend spielte Joshua Bell Schumanns *Konzert für Violine und Orchester*: ein hässliches Konzert, das Oscar nicht gefiel. Was ihm dagegen so sehr gefiel, dass ihm die Tränen kamen, war, ein paar Tage später, das *Dritte Konzert für Klavier und Orchester* von Rachmaninow, bei dem Krystian Zimerman als Solist auftrat. Während alle anderen klatschten, blieb Oscar still sitzen, und als er spürte, dass ihm etwas aus der Kehle aufstieg und heftig pulsierend gegen die Ohren drängte, wusste er, dass er niemals zuvor so glücklich gewesen war wie in diesem Moment.

(...)

An seinem Arbeitsplatz schloss Oscar keine Freundschaften, obwohl der Restaurantleiter des *Promenade* – Alphonse, ein junger Orientale, der immer wieder darauf hinwies, dass er Franzose sei – ihm viel Beachtung schenkte. Als Alphonse im Essraum des Personals Oscars Unruhe bemerkte, überlegte er, dass er ihm während seiner Arbeitsstunden eine kleine Ablenkung gönnen könnte, und erlaubte ihm, die vielen Kissen herzurichten, die die Gäste mit ihrem Gewicht platt drückten und die er aufschütteln sollte, sobald die Plätze frei wurden. »Aber es muss elegant aussehen«, hatte Alphonse zu ihm gesagt, »du musst die Arme steif vom Körper strecken und schnell sein – aber mit Anmut.«

Oscar war über diese neue Aufgabe froh gewesen und hatte versucht, sie bestmöglich zu erledigen: Sie verschaffte ihm Augenblicke der Erleichterung während dieser ungeheuren Nachmittage, an denen die Zeit sich so aberwitzig dehnen konnte, bis sie mindestens so groß war wie ganz Ägypten.

(…)

Der vergangene Mittwoch war für das Hotel Dorchester ein sehr wichtiger Tag gewesen. Bei ihrer morgendlichen Besprechung hatten die Leiter der verschiedenen Abteilungen die Anreiseliste überprüft und die Stammkunden aufgezählt, die in wenigen Stunden eintreffen würden.

Dann hatte der Chef plötzlich verkündet: »Heute Nachmittag kommt Alexander Norberg ins Dorchester. Er wird wie üblich in der Harlekin-Suite wohnen.«

Daraufhin hatte er die Karteikarte mit den Vorlieben des Maestros laut und deutlich vorgelesen: Rotwein des Weinguts Argiano, zwei zusätzliche Kissen, weiße Amaryllis auf dem Schreibtisch, ein paar schwarze Kugelschreiber, Gästeseifen der Marke Jo Malone und zum Abendessen ein Spargelrisotto ohne Butter.

Schließlich hatte er sie ermahnt: »Maestro Norberg ist einer unserer besten Kunden, und wir können es uns nicht leisten, ihn zu verlieren! Egal, welches Problem auftaucht, ihr gebt mir sofort Bescheid, auch wenn es zwei Uhr nachts sein sollte.«

Alphonse hatte umgehend das Personal des Restaurants über das wichtige Ereignis informiert und die Leute daran erinnert, dass der Maestro immer ein fürstliches Trinkgeld hinterließ, wenn er sich, am späten Abend, im *Promenade* aufhielt, um zu lesen und einen frischen Pfefferminztee zu trinken. Und Imre, der Kellner mit der meisten Erfahrung, hatte hinzugefügt: »Wer auch immer gerade an der Reihe ist und dieses Trinkgeld mitnimmt, muss es in die gemeinsame Kasse stecken, die, wie ihr wisst, am Monatsende geöffnet wird, damit wir den Inhalt gerecht unter uns allen aufteilen.«

Oscar hörte schweigend zu, aber im Gegensatz zu seinen Kollegen dachte er überhaupt nicht an dieses Geld. Was er wollte, war vielmehr, Alexander Norberg kennenzulernen: den Orchesterdirigenten, den er am meisten schätzte, den einzigen, der imstande war, die Partituren im Zeichen der Inspiration über den Haufen zu werfen.

Oscar bewunderte ihn sehr, und vielleicht aus diesem Grund erfüllte ihm das Schicksal seinen Wunsch. Während der sieben Tage, in denen sich der Maestro im Hotel aufhielt, hatte Oscar oft Gelegenheit, ihn zu sehen, denn sobald die Proben beendet waren, begab sich Norberg gewöhnlich ins *Promenade,* um die Zeitungen zu lesen. Er bat immer um einen abgelegenen Tisch: »So weit hinten wie möglich«, sagte er zu Alphonse.

Und Alphonse hatte gleich darauf Imre losgeschickt, damit dieser die Bestellung aufnahm, denn er sprach als Einziger Deutsch, und außerdem war er Alexander bereits gut bekannt.

»Darf ich das nächste Mal, wenn der Maestro kommt, mit dir zusammen an seinen Tisch gehen?«, hatte Oscar gefragt, aber Imre hatte den Kopf geschüttelt und gesagt, dass das »nicht in Frage« komme und dass es »verboten« sei: »Du bist noch nicht einmal Kellner«, hatte er verächtlich geendet.

»Schau, Imre, ich mag noch kein Kellner sein, aber ich bin hier, stehe immer herum und tue nichts: Um nicht verrückt zu werden, habe ich gelernt, jede Kleinigkeit zu registrieren: Und ich kann sehr wohl Dinge sehen, die sich vor den Blicken anderer verstecken. Inzwischen entgeht mir nichts mehr.«

»Wenn es dir dann besser geht, dann tu das ruhig. Aber was hat das mit Maestro Norberg zu tun?«

»Zum Beispiel ist es sicher nicht unerheblich, dass ich deine Manöver mit den Trinkgeldern bemerkt habe.«

»Mit den Trinkgeldern?«

»Ja, mit den Zehnpfundscheinen: Du schiebst sie dir oft in die eigene Tasche: in diese Tasche hier. Ich glaube, dass wir heute schon auf 40 Pfund gekommen sind: Oder etwa nicht?«

Imre war schlagartig blass geworden, und ein paar Stunden später, als Alexander Norberg das *Promenade* betreten hatte, hatte er einfach zu Oscar gesagt: »Los, gehen wir.«

Und so war es Oscar gelungen, den Maestro persönlich kennenzulernen, und während Imre sich seine Bestellungen einprägte, hatte er Oscar sogar angelächelt.

»Du, bist du neu hier?«, hatte er unvermittelt gefragt.

»Ich bin neu hier… ja…«, hatte Oscar geantwortet. Und das hatte genügt, um ihn für die nächsten drei oder vier Stunden euphorisch zu stimmen.

Aber diese Euphorie wurde getrübt und sollte nicht lang anhalten, denn in der Royal Festival Hall war das Konzert des Maestros restlos ausverkauft: Es gab nicht einmal mehr eine einzige Eintrittskarte, zumal auf dem Programm eine der schönsten und schrecklichsten Sinfonien der Geschichte stand: die *Zweite Sinfonie* von Mahler – ohne Pause – mit der berühmten Sopranistin Jessye Norman.

»Alle Plätze sind seit dreizehn Monaten verkauft«, hatte Oscar erfahren. Und als er gefragt hatte, ob es irgendeine Möglichkeit gebe, in den Saal hineinzukommen, hatte ihm das Mädchen an der Kasse geantwortet, dass zwei Stunden vor Beginn des Konzerts wahrscheinlich etwa zwanzig Stehplätze verkauft würden.

»Wenn Sie versuchen wollen, sich eine dieser Karten zu besorgen, mein Herr, empfehle ich Ihnen, schon am Morgen hier zu sein.«

Oscar hatte also Alphonse um einen freien Tag gebeten und sich zu einer Zeit zur Royal Festival Hall begeben, als noch sämtliche Türen geschlossen waren. So war er der Erste in der Schlange gewesen und wiegte sich, da er den Vorrang vor den anderen hatte, in Sicherheit: Auch deshalb verließ er, obwohl ihn Hunger und Durst in Versuchung führten, seinen Platz nicht und wartete acht Stunden stehend.

Doch leider wurden am Ende die Stehplätze nicht verkauft. Die Chefin des Hauses hatte Angst, dass es zu einem allzu großen Gedränge kommen könnte.

»Hier gibt es Leute, die seit acht Stunden in der Kälte stehen!«, erklärte ihr daraufhin ein Angestellter, der ein weiches Herz hatte.

Aber die Frau, die seit Langem ohne Liebe lebte, hatte unter heftigem Kopfschütteln bekräftigt, dass die Entscheidung gefallen sei und jemand hinausgehen und die Leute wegschicken müsse: Die Stehplätze würden nicht verkauft, um eine Überfüllung des Theaters zu vermeiden.

Oscar hatte aus Enttäuschung so sehr geweint, dass er eine der Platzanweiserinnen rührte, eine ganz zierliche Frau aus Israel, die ihn wenigstens in den vierten Stock hinaufließ, wo ein kleines Fernsehgerät das Konzert für die verspätet eingetroffenen Zuhörer übertrug.

Aber es war weder schön noch gar bezaubernd, der Musik auf diese Art und Weise zu lauschen.

(...)

Die Harlekin-Suite des Dorchester war Alexanders englisches Zuhause: Von all seinen Künstlerlaunen ist dies diejenige, auf die er am wenigsten hätte verzichten können. Die historischen Hotels hatten ihn übrigens schon immer fasziniert: vor allem die stillen, in denen Richard Strauss, Sibelius, Puccini, Charlie Chaplin und sogar Mata Hari zu einer ganz anderen Zeit gewohnt hatten – und das vielleicht auch nur für eine einzige Nacht. Was ihn interessierte, waren weder Luxus noch Pracht ... Es war vielmehr die vergangenheitsträchtige Atmosphäre, die ihn zu nostalgischen Empfindungen und faszinierenden Gedanken hinriss. Das war der Grund, weshalb Alexander nach dem Ende jedes Konzerts, egal, in welcher Stadt er sich gerade befand, niemals etwas anderes wünschte, als in sein Lieblingshotel zurückzukehren, ein bisschen in der Eingangshalle zu verweilen – die zu dieser Zeit fast immer leer war –, und erst nachdem er ein paar Seiten in einem Buch gelesen hatte, auf sein Zimmer zu gehen, um sich schlafen zu legen.

Jetzt sitzt er am Schreibtisch und blickt aus dem Fenster: Er betrachtet die schwach leuchtenden Lichter des Parks. Das Konzert ist vor Kurzem zu Ende gegangen und hat ihn völlig ausgelaugt. Eine Sinfonie von dieser Art zerstört einen Dirigenten und vernichtet ihn, aber das Publikum ergreift sie bis zur Verzückung. Tatsächlich haben alle so lange applaudiert, dass Alexander und die Sänger mehr als zehn Mal nach vorne treten und sich verbeugen und bedanken mussten: für eine englische Konzerthalle etwas Ungewöhnliches. Die Engländer klatschen niemals lange. In dieser Hinsicht denken sie wohl: »Die Selbstbeherrschung zu verlieren ist ein Zeichen von Unkultiviertheit.«

Doch nach Mahler – und insbesondere nach seiner *Zweiten Sinfonie* – neigen alle Menschen dazu, auf die gleiche Art und Weise zu reagieren. Sodass in Neapel, in Stockholm, aber auch in London am Ende dieser Sinfonie für gemischten Chor der Applaus wie ein Tosen losbricht, und auch diejenigen, die noch nie den Mut gefunden haben, etwas Derartiges zu tun, von den Sitzen aufspringen und »bravo!« rufen.

Alexander hat auch heute Abend die Herzen aufgewühlt, und die Zuhörer sind nach dem Konzert glücklich nach Hause zurückgekehrt. Er dagegen hat sich, nachdem er seine Garderobe erreicht und mit Mühe die in einer Schlange wartenden Autogrammjäger zufriedengestellt hatte, vollkommen allein wiedergefunden.

London war zu dieser Stunde kalt und voller trüber Lichter: Während sein Chauffeur ihn ins Hotel fuhr, konnte Alexander sehen, wie sie sich der Nacht bemächtigten und sie in helllichten Tag verwandelten. Deshalb hatte er, sobald er in seiner Suite war, als Erstes die schweren Vorhänge mit dem Blumenmuster für eine Weile zugezogen und, im Dunkeln, bemerkt, dass sich in seinem Inneren alles gegen ihn kehrte und die Stille jetzt schmerzte: Selbst die antiken Reproduktionen der Harlekinmaske, die an den Wänden hingen und über ihn und seine Einsamkeit lachten, taten ihm weh. Es ist eine sehr schmerzhafte Einsamkeit, die auf eine so erdrückende Präsenz anderer Menschen folgt: vor ihm das Orchester und der Chor, hinter ihm das Publikum. Tausende von Augen, die nur nach seiner Musik gierten, nicht aber nach ihm.

Er dachte: »Jetzt bin ich nichts mehr: Kaum ist die Musik zu Ende, bin auch ich am Ende.«

(...)

Als Maestro Norberg abreiste, fühlte sich Oscar erneut wie ein Gefangener seiner Tätigkeit und dachte, dass er, um sie mit Gelassenheit ausüben zu können, entweder sehr weise oder sehr dumm sein müsse. Als Weisem würde es ihm gelingen, die Langeweile mit der Kraft des eigenen Bewusstseins zu überwinden, während er sie als Idiot schweigend und schmerzlos erdulden würde. Aber Oscar war nicht weise, und er war auch nicht dumm: Vielmehr war sein Geist noch schwach und unausgebildet. Als ihm dies klar geworden war, versuchte er sogleich, die unangenehmsten Gedanken im Keim zu ersticken.

Aber die Langeweile ist viel schwerer zu bekämpfen, als man glaubt: Vor allem in dieser Weise stillzuhalten, Stunde um Stunde, ohne gehen zu können, ohne zu sprechen, ja nicht einmal den Kopf zu bewegen – höchstens eine Andeutung davon. Sicher, der Geist war frei: Der Geist war da. Oscar nahm ihn plötzlich wahr, so weit offen wie noch nie, und das machte ihm Angst. In dem still stehenden Körper, der in der engen Livree aus rotem Samt gefangen war, lehnte sich der Geist auf, und zum ersten Mal gehorchte er ihm nicht. Oscar bemerkte es und suchte in der Absicht, sich zu schützen, nach neuen, fröhlicheren, gefälligeren Gedanken, in die er sich aus dem Überdruss dieser luxuriösen Gefangenschaft flüchten konnte, zu welcher er sich – wenn auch nicht bewusst – selbst verurteilt hatte. Aber die Gedanken, die er zu haben wünschte, waren viel schwächer als die, gegen die er sich auflehnte. Während er etwa an den Brutkasten im Schmetterlingshaus von Göteborg und dann an die bläulichen Flügel dachte, die sich aus der am unteren Zweig eines Strauchs hängenden Puppe herausschälten, tauchte vor ihm erneut das Gesicht des toten Kindes auf, und zwar mit einer solchen Eindringlichkeit, dass er Angst bekam.

Fest steht, dass der Geist dann, wenn man sich in besonderen Umständen befindet – vor allem in der Einsamkeit –, unabhängiger wird und den Weg, den einzuschlagen er beschlossen hat, einfach weitergeht. Und dann gelingt es uns selten, ihn aufzuhalten, ihn mit der gleichen Wirksamkeit zu bezwingen, wie wenn wir uns vornehmen, die Hand nicht zu bewegen oder die Augen eine Zeit lang geschlossen zu halten. Oscar gefiel das nicht, und, weil er sich – vielleicht wegen seiner Uniform – vorgestellt hatte, ein General zu sein, kam er zu dem Schluss, dass die Langeweile seine Feindin sei und er sie folglich bekämpfen müsse.

Seine erste Strategie war schwach. Er fing nämlich damit an, die Attitüden der Gäste zu beobachten, ihre stets leisen Stimmen und die glänzenden Knöpfe, die die weiten Manschetten ihrer Maßhemden schlossen. Er registrierte die makellosen Frisuren der Damen, ihr stilles Lächeln, und außerdem die überaus gesitteten Knaben mit den gestreiften Hosenträgern und den Knickerbockers. Dann, als die Einzelheiten seiner Umgebung ihn nicht mehr faszinierten, begann Oscar, der in seinem Fach rasch vorankommen wollte, seinen Kollegen zuzusehen. Er schaute und schaute so lange, bis er begriffen hatte, dass alle Kellner sich immer in der gleichen Weise bewegten, wie Marionetten, die von der Gewohnheit dirigiert wurden, und dass Imre stets mit der gleichen Sorgfalt die Milch in die weite Porzellantasse einschenkte, einen Augenblick nur, bevor er den Tee dazugoss.

Dann war die Zeit gekommen, da sich in seinem von Angst und Langeweile belagerten Geist das Bedürfnis Bahn brach, neue Listen zu ersinnen.

Und so entdeckte Oscar die Details: die kurz aufscheinenden, winzigen Wahrheiten, die – gewöhnlich – von den deutlicher zutage tretenden Realitäten erdrückt werden. Und er war entzückt: So sah er zum ersten Mal, dass die scheinbar glatte Oberfläche der Säulen in Wirklichkeit rau war und dass jeder Zentimeter unbewusst geschaffene Muster barg, die allein durch die Abnutzung des Marmors entstanden waren. Er lernte bald zu erkennen, wann die Frauen falsche Haarteile trugen, unterschied die tausend verschiedenen Nuancen der Farbe Rot, die sich zwischen den Lippen der jungen Damen der Bourgeoisie versteckten, und schließlich bemerkte er sogar, dass – bei näherem

Hinsehen – jeder der Gäste mindestens einen kleinen Mangel aufwies: Einem korpulenten Herrn war zum Beispiel ein Knopf vom Hemd abgesprungen, einer Dame aus Griechenland eine Wimper auf die mit einer Make-up-Schicht bedeckte Wange gefallen, und einem Jungen – von dem Oscar glaubte, ihn schon einmal gesehen zu haben – war ein bisschen Tee auf die Krawatte getropft.

Die plötzliche Entdeckung dieser neuen Unvollkommenheit tat ihm gut und verdrängte die Langeweile für einige Zeit in einen unerforschten Bereich seines Kopfes.

Aber es gab sie noch, und sie wartete still darauf, wieder hervorzukommen.

Sie wartete lange, aber plötzlich war sie wieder da.

Oscar sah sie: Schwarz wie ein Monster saß sie auf einem der Sessel des *Promenade* und musterte ihn hochmütig, und ihm wurde schlagartig klar, dass diese Arbeit für den Geist zu anstrengend war und dass er – binnen einiger Wochen – daran eingehen würde.

Vor allem die Einsamkeit war es, die ihm Angst machte.

Oscar war jetzt allein, aber zu stolz, es zuzugeben: Deshalb hatte die Zeit sich verdichtet, und jeder Augenblick schmerzte, während er verging.

Er musste noch einmal aufbegehren. Aber Oscar wusste nicht, wie. Inmitten all der nahezu vollkommenen Gäste des *Promenade* allein, stellte er fest, dass es in dieser Galerie, in der sich alles, Stunde um Stunde, eintönig wiederholte, tausend und abertausend Dinge zu zählen gab, und er ahnte, dass ihn das Zählen vielleicht vor all den schrecklichen Gedanken bewahren könnte, die mittlerweile auf ihn einstürmten.

Zuerst zählte Oscar die großen Dinge: die Diwane zum Beispiel, die Stühle, und danach die Bilder, die Frauen, die Männer, und während er zählte, verspürte er ein neues Wohlbehagen. Dann, als ihm die großen Dinge ausgingen, fing er an, das zu zählen, was sich an Kleinerem im *Promenade* befand. Anfangs zählte er die Steinchen, die sich in jeder Fliese des Fußbodenmosaiks befanden, die Blumen, die in der Vase in der Mitte des Saals steckten, und dann noch die Noten auf dem Blatt des Pianisten und wie viele Male dieser Mann blinzelte.

Zählen linderte seinen Schmerz.

(…)

Heute ist Samstag, und Oscar arbeitet nicht: Also kann er wieder London erkunden. Er beschließt, zur Piazza mit dem Central Market zu gehen, wo Opernsänger, Streichquartette und sogar einige Akrobaten auftreten. Ihm gefällt die gauklerische Covent-Garden-Atmosphäre. Hier scheinen alle glücklich zu sein. Vor dem Royal Opera House ist ein großes goldbemaltes Karussell aufgebaut, aus dem eine fröhliche, von einer Kapelle gespielte Musik erklingt. Oscar bleibt eine Zeit lang stehen, um es mit kindlicher Begeisterung zu betrachten, und während er weitergeht, bemerkt er in der Neal Street ein kleines vegetarisches Restaurant. Es hat ein grünes Schild. Darauf steht groß geschrieben: *Food for thought*. An der Salattheke arbeitet ein sehr schönes Mädchen. Oscar tritt ein, und während er die Treppe hinuntergeht, die zu dem Raum mit weiteren Tischen führt, fasst er den Mut, den er braucht, um sie anzusprechen. Doch als er sie vor sich hat und Kartoffeln mit Curry bestellt, bleibt er stumm: Sie dagegen lächelt ihn trotzdem an. Es ist ihrerseits nur eine Andeutung, gewiss, aber Oscar interpretiert sie mit Optimismus und stellt sich vor, dass sie beide eines Tages zusammen auf einer Insel zwischen den Schären von Göteborg leben und glücklich sein werden. Genau in diesem Augenblick sieht er, wie sie einer anderen Kellnerin einen Kuss auf die Lippen drückt. Ihm kommt das wie etwas Neues und Seltsames vor, und er stellt fest, dass sein Gesicht heiß und rot angelaufen ist. Als er nach Hause kommt, denkt er, dass das Küssen von Personen desselben Geschlechts eine Sache voller Komplikationen sein muss, denn sonst würden es viel mehr Leute tun. Er überlegt auch, dass dieses Mädchen nicht die Richtige für ihn gewesen wäre, und schreibt wütend in sein Tagebuch:

Was war zu erwarten? Es hätte mir sofort klar sein müssen: Ein Mädchen zieht gewöhnlich kein T-Shirt an, auf dem geschrieben steht: MARINA MILITARE DI VENEZIA. *Das ist ein T-Shirt für Männer!*

Und um seine Wut zu vertreiben, denkt er an Venedig.

»Das Stockholm des Südens« nannte es sein Vater immer, obwohl er es nie besucht hat. Und oft fügte er hinzu: »Der Garbo hat es sehr gut gefallen.«

(...)

Der Tag, an dem Oscar mit allem fertig war, was es im *Promenade* des Hotels Dorchester zu zählen gab, war ein sehr trauriger Tag, denn plötzlich begann die Langeweile wieder, seinen Verstand zugrunde zu richten.

Oscar stand da: Es war Vormittag, und der Saal war leer. Es gab nichts mehr zu tun. Alle Kissen befanden sich an ihren Plätzen, und es waren keine Gäste mehr da, die mit einer Verbeugung zu begrüßen oder zu verabschieden gewesen wären. In einer derart dichten Stille hätte Oscar sogar bemerkt, wenn sich ein Blütenblatt von einer der vielen Lilien gelöst hätte, die die Vase in der Saalmitte schmückten. Und so spürte er, wie ihm die Beklemmung auf die Brust drückte, und es kam ihm so vor, als würde sich die Luft allmählich zusammenziehen und erstarren. Unterdessen hatte sich sein Geist in Bewegung gesetzt und förderte, unmotiviert und in chaotischer Abfolge, mehr oder weniger alte Erinnerungen zutage. Sie alle brachen in einem Schwall hervor und belagerten Oscar, der nun, regungslos und verängstigt, ohne Schutz ihrer Macht ausgeliefert war: sein Vater, der liebevoll die Stiele der roten

Gladiolen kürzte; die Erinnerung daran, wie Oscar, zum Spaß, im Supermarkt eine Dose Orangensaft klaute (und warum sollte er es nicht wieder tun?), und dann, schon wieder, das Schmetterlingshaus von Göteborg: Im Brutkasten öffnet sich eine Puppe, und der frisch geschlüpfte Schmetterling mit den noch steifen Flügeln stürzt kopfüber auf den Boden. Oscar sieht ihn und läuft, um Hilfe zu holen. Er rennt zum Aufseher und sagt ihm, er solle sich sputen, es gebe einen Notfall. Dieser denkt an einen Brand und folgt ihm in aller Eile, aber als er im Glashaus anlangt und den soeben geborenen Schmetterling sieht, der versucht, auf die Beine zu kommen, bricht er in widerwärtiges Gelächter aus.

Die Gleichgültigkeit des Wärters schien wieder vor Oscar auf, und er hatte Angst vor ihr, eine so große Angst, dass er sich angestrengt darauf konzentrierte, an etwas anderes zu denken. Als Erstes nahm er sich die Erinnerung an das Mädchen vor, dem er im vegetarischen Restaurant begegnet war: Er sah sie mit ihren kleinen Brüsten, sah diesen ungewöhnlichen Kuss, den er heimlich beobachtet hatte. So stark war die Erinnerung, dass sie sofort körperliche Folgen zeitigte, die die eng anliegende Uniform erbarmungslos sichtbar machte. Oscar versuchte augenblicklich, wieder an den Schmetterling zu denken, der sich überschlagen hatte. Aber es war schon zu spät: Ein Gast, der ihn mit dem Finger herbeiwinkte, bat ihn, ihm eine Zeitung zu bringen, und obwohl er sich schämte, in diesem Zustand durch das Hotel zu gehen, kam er bis zur Rezeption, wo er um ein Exemplar der *Times* bat. Auf der Titelseite war ein großes Bild von Alexander Norberg abgedruckt.

Oscar hatte noch die Zeit, die Überschrift zu lesen: NORBERG: SEIN LETZTES KONZERT. Alexander Norberg zog sich also zurück! Aber warum? Oscar ging langsam in Richtung *Promenade;* er hätte so gern noch mehr gelesen. Und er las Satzfetzen: »Nie mehr öffentlich«, »Wie Glenn Gould«, »Es wird ein letztes Konzert geben«.

Erst ein paar Tage zuvor war gemeldet worden, dass Alexander Norberg das Angebot erhalten hatte, Chefdirigent der Berliner Philharmoniker zu werden. Er hatte also keinen Grund, sich in einem so günstigen Augenblick zurückzuziehen. Oscar dachte immer wieder darüber nach, und dieser Gedanke begleitete ihn bis zum Abend: Auch im Autobus, der ihn nach Peckham brachte, grübelte er noch und fasste den Vorsatz, sich dieses letzte Konzert nicht entgehen zu lassen.

(…)

Oscar hat den Thermostat auf 23 Grad gestellt, weil Donnerstag ist und seine Vermieterin nicht zu Hause ist. Jetzt steht er vor dem beschlagenen Badezimmerspiegel und stellt fest, dass sein Körper sich verändert: Er ist abgemagert, und wenn er aufmerksam hinsieht, kann er die Zeichnung der Knochen erkennen, die gegen die Haut drücken. Während die Badewanne vollläuft, blickt Oscar auf die *Times*, die unberührt auf dem Küchentisch liegt. Er sieht sie an und denkt, dass er wirklich standhaft gewesen ist, weil er sie noch nicht gelesen hat. Er will sich dieses Vergnügen für später aufsparen, wenn das warme Bad die Müdigkeit seines Körpers weggewaschen hat.

Jetzt ist er im Wasser. Auf seiner Taille, schlank und weiß, zeigen sich rundherum die roten Spuren, die die enge Hose seiner Livree dort hinterlassen hat. Oscar streicht mit den Fingern über die schmerzende Hautwulst und stellt fest, dass die Wärme das Brennen verstärkt. Dann schließt er die Augen: Im Nu fallen seine langen blonden Haare auf die durchsichtige Oberfläche des Wassers, während er seine Position nicht ändert, kaum atmet und auch nicht denkt – gerade so, als wäre sein Leben jetzt zu Ende.

Das Wasser in der Wanne kühlt sich unterdessen ab: Doch Oscar bemerkt es nicht, teils, weil er Schwede ist, teils, weil ihm kurz zuvor, während er sich einseifte, wieder das Mädchen mit den Kristallaugen eingefallen ist und er gedacht hat, dass es eigentlich schön war, gesehen zu haben, wie sie eine andere Frau küsst.

Mit diesem Gedanken im Kopf trocknet er sich ab und geht gleich darauf in die Küche: Jetzt ist er wirklich sehr neugierig und will wissen, was es mit Alexander und seinem letzten Konzert auf sich hat.

Der Artikel in der *Times* ist lang. Oscar liest ihn ganz und benutzt manchmal das Wörterbuch, um die schwierigeren Wörter zu verstehen. Er liest, dass Alexander Norberg wahrscheinlich den Verstand verloren hat und dass er just an dem Tag, an dem er die Ernennung zum Chefdirigenten der Berliner Philharmoniker hätte annehmen sollen, seinen Rückzug angekündigt hat. Es war auch von einem letzten Konzert die Rede: Aber was das betraf, so würde in Berlin, in der kommenden Woche, eine weitere Pressekonferenz für die Journalisten aus ganz Europa abgehalten.

Oscar ist neugierig. Er hebt den Blick und sagt mit lauter Stimme und einer fast kindlichen Entschlossenheit: »Bei diesem Konzert werde ich dabei sein.«

ZWEITER AKT

Die Freiheit

1

Alexander Norberg ist in seinem Haus in Berlin: Die Fenster sind jetzt geschlossen, denn draußen schneit es, und es weht ein starker Wind. Es ist schon Mittag, und der Briefträger hat ihm gerade das Telegramm überreicht, in dem die Berliner Philharmoniker ihn auffordern, ihr Chefdirigent zu werden.

Alexander liest diese bewegenden Zeilen viele Male, und ihm wird klar, dass alles viel zu schnell gegangen ist. Ja, ihn beschleicht Angst. Es ist nur ein Gefühl, aber er fühlt es in sich pulsieren wie eine dunkle Vorahnung.

Da kommt ihm der Gedanke, dass er die Nachricht in Gesellschaft seines Bruders oder einiger Freunde feiern könnte. Dies würde ihm bestimmt helfen, sich abzulenken und die Mitteilung in Ruhe zu verarbeiten. Doch der Wunsch, nur in der Gesellschaft von Bach und dem soeben eingetroffenen Telegramm zu bleiben, ist übermächtig.

Es ist kaum zu glauben, aber die wichtigsten Entscheidungen werden oft aus dem Bauch heraus getroffen, und zwar unter belanglosen Umständen, die im

Vergleich zu der Dramatik, die sie beinhalten, tatsächlich banal sind.

Und so ist es vor dem Abendessen geschehen, genau in dem Augenblick, als Alexander sich seine Linsensuppe kochen wollte. Er hatte sie sich schon lange nicht mehr zubereitet, und es kam ihm sonderbar vor, dass er ausgerechnet an diesem Abend Lust darauf hatte. Vielleicht verspürte er das Bedürfnis nach etwas, was schlicht schmeckte: nach einem Geschmack, der ihn an die Genügsamkeit seiner Kindheit erinnerte und der geeignet wäre, die Bedeutung des Ereignisses noch hervorzuheben. Er ging also in die Küche und nahm die Linsen aus dem großen Wandschrank: Aber die Tüte war sehr sorgsam verschlossen, und als er versuchte, sie zu öffnen, rutschte sie ihm aus den Händen, und der Inhalt ergoss sich über den ganzen Boden.

Die Linsen waren nunmehr überall: tausend dunkelbraune Augen, die ihn von unten beobachteten.

Um genau zu begreifen, was an diesem Abend in Alexanders Kopf vor sich ging, muss man sein besonderes Augenmerk auf dieses eine Detail richten.

Im Gegensatz zu dem, was man in einem solchen Fall zu tun pflegt, blieb Alexander, statt die Linsen einzusammeln, stehen und betrachtete sie, verwundert über ihre Menge, jetzt, da diese frei und nicht mehr in die kleine Tüte gezwängt war. Die Linsen waren überall: unter dem Tisch, in den Falten des Teppichs, in den entfernten Ecken, beim Fenster und auch noch unter dem Kartoffelkorb. Alexander blickte sie lange an, und diese Betrachtung eröffnete dem Unbewussten unendliche Möglichkeiten. Es muss alles in jenen drei oder vier Minuten passiert sein, während er dastand und die über den weißen Küchenboden verstreuten Linsen betrachtete: Denn jetzt wurde ihm klar, dass er diese Berufung, so wichtig sie war, ja auch ablehnen könnte.

(…)

Am nächsten Morgen ist es kalt, und die Linsen sind immer noch über den Küchenboden verstreut. Alexander hat gerade seine Milch ausgetrunken und telefoniert jetzt mit seinem Agenten, einem Russen, der neben anderen Sprachen auch Deutsch spricht.

Er hat ihm nicht nur soeben mitgeteilt, dass er vorhat, die Ernennung zum Chefdirigenten des Philharmonischen Orchesters Berlin abzulehnen, sondern informiert ihn jetzt auch über seine Absicht, sich endgültig aus der Öffentlichkeit zurückzuziehen.

Alexander hält den Hörer weit vom Ohr weg, weil dieser Mann ihn sehr laut anschreit.

»Dmitrj«, sagt er zu ihm, »es hat wirklich keinen Sinn, dass du weiterbrüllst: Mein Entschluss steht schon fest, und du wirst gewiss der Letzte sein, der mich umstimmt.«

»Alexander Norberg, du bist verrückt! Du bist vollkommen verrückt«, antwortet ihm Dmitrj, und dann hört Alexander, dass das Asthma ihm die Lunge zuschnürt und er sich mit einem TSCHHHH Ventolin in die Kehle sprüht, zweimal nacheinander.

»Dein ganzes Leben lang! Dein ganzes Leben, Alexander, hast du dich geschunden, nur um diesen Posten zu bekommen! Und jetzt? Und was machst du jetzt: Jetzt lässt du alles platzen? Hör zu, Alexander« – TSCHHHH, ein weiterer Sprühstoß Ventolin –, »du kannst dich NICHT zurückziehen, und erst recht nicht kannst du diese Stellung ausschlagen: Sie hat noch nie jemand abgelehnt. Und dann wirst du, wie du weißt, alles verlieren: ALLES! Hast du eine Ahnung, wie viele Millionen Mark du so mir nichts, dir nichts von dir wirfst? Und WARUM, bitte schön? Kannst du mir sagen, WARUM?«

Alexander antwortet mit fester Stimme: »Weil es danach nichts mehr gibt. Das ist mir gestern klar geworden, durch Zufall. Und für mich gibt es kein Zurück. Im Gegenteil: Warum veranstalten wir nicht lieber eine dieser Mammut-Pressekonferenzen? Zum Beispiel im Adlon: Das haben sie doch schon wieder eröffnet, oder?«

Daraufhin hatte der Agent weitergepoltert und sich das restliche Ventolin in die Kehle gesprüht, bis er, nunmehr erschöpft, gefragt hatte: »Aber ein letztes Konzert? Zumindest ein letztes Konzert wirst du doch noch dirigieren?«

Alexander hatte erwidert, dass die Idee gut sei, und gleich insbesondere über die beiden Wörter »letztes« und »Konzert« nachgedacht.

Sobald das Gespräch mit seinem Agenten beendet war, hatte er sie sich immer wieder zwanghaft vorgesagt – diese beiden so endgültigen und befreienden Wörter. Und in dem Augenblick, als ihm Pergolesis *Stabat Mater* einfiel, war seine Freude so vollkommen gewesen, wie sie sonst nur die eines Kindes sein kann.

2

Giambattista Pergolesis *Stabat Mater* war immer schon Alexanders liebstes Kunstwerk gewesen: Das vollkommene Werk, das selbst die Seele erbleichen ließ. Alexander hatte es sich zur Gewohnheit gemacht, jedes Mal, wenn es im Radio gesendet wurde, jegliche Tätigkeit zu unterbrechen: Dann setzte er sich in seinen Sessel und hörte schweigend zu. In dieser Hinsicht gab es für ihn keinen Zweifel: Das *Stabat Mater* war die Perfektion: die schönste Musik, die jemals komponiert worden ist. Da auch Rousseau und Stendhal dieser Meinung gewesen waren, war nichts Schlimmes daran, wenn er genauso dachte.

Das sagte er immer wieder den Journalisten, die ihn interviewten: Aber sie staunten über seine Vorliebe und nannten im Gegenzug andere Kompositionen. Viele fragten ihn ironisch: »Und die *Siebente* von Beethoven?«

Aber ohne auf die Provokation einzugehen, erwiderte er einfach: »Es gibt viele hervorragende Kunstwerke, das weiß ich wohl. Doch das *Stabat Mater* ist anders: Der Zauber des *Stabat Mater* wird niemals vergehen.« Und dann zitierte er stets Stendhal und Rousseau, und die Journalisten, die dem nichts mehr hinzuzufügen wussten, gingen zur nächsten Frage über.

Deshalb hatte Alexander für sein letztes Konzert sofort an Pergolesis *Stabat Mater* gedacht, und an nichts anderes. Und er hatte auch beschlossen, dass er nur dieses eine Stück aufführen würde, obwohl es kurz war, und dass es keine Pause geben würde, sondern nur den Anfang und dann das Ende. Er hatte die Pausen immer gehasst, die Gewohnheit, die die Leute haben, sich zwischen zwei Sinfonien zum Beispiel mit belegten Schnittchen den Magen vollzuschlagen oder auf die Toilette zu gehen, um sich dann wieder in den Saal zu setzen und sich erneut dem Zuhören zu widmen. Ihn erschreckte vor allem die Tatsache, dass er allein in seiner Garderobe bleiben musste, zwanzig Minuten lang, während ihm das Adrenalin in diesen Momenten bis unter die Haare stieg.

Seine Dirigentenkollegen ließen sich auf absurde Kombinationen ein, um den künstlerischen Leitern der Konzerthallen und den Wünschen des Publikums entgegenzukommen: Beispielsweise Haydn vor der Pause und dann Mahler, oder – noch schlimmer – das *Konzert für Klavier und Orchester* von Schumann und danach die *Vierte Sinfonie* von Schostakowitsch.

Musikliebhabern ist ein solcher Mischmasch ein Gräuel: Denn ein empfindsamer Mensch, der soeben eine große Sinfonie gehört hat, wünscht sich die Intimität eines dunklen Raumes und gewiss nicht den frivolen Lärm der Pause, in deren Verlauf die Ehefrauen der Chefärzte und Notare, die irgendeine Vertrautheit mit der Musik unter Beweis stellen wollen, behaupten, sämtliche Sinfonien von Brahms zu kennen, und dass es »wirklich keinen Zweifel gibt: Die *Vierte* und die *Fünfte* sind die besten.«

Vor allem deshalb konnte man das *Stabat Mater* mit nichts anderem kombinieren: Man musste es allein aufführen.

Pergolesi war sechsundzwanzig, als er es komponierte. Er schrieb es als Letztes und vollendete es erst auf seinem Sterbebett. In den Musikgeschichtsbüchern wird immer besonderes Gewicht auf die Tatsache gelegt, dass Mozart und Schubert sehr jung gestorben sind: Ihr früher Tod ist inzwischen allgemein bekannt. Doch fast niemand weiß, dass Pergolesi sehr viel jünger starb als sie: während eines besonders kalten Winters im Benediktinerkloster von Pozzuoli.

Die vielen Korrekturen in der eigenhändig geschriebenen Partitur – die Alexander mehr als einmal hatte studieren dürfen – und die zahlreichen leer gebliebenen Seiten zwischen den einzelnen Sätzen haben den Gedanken nahe gelegt, dass Pergolesi mit der Niederschrift des *Stabat Mater* viel früher begonnen und es erst am Ende seines Lebens vollendet hatte. Doch Alexander war zu dem gegenteiligen Schluss gelangt, und das heißt, dass seiner Meinung nach Pergolesi das *Stabat Mater* innerhalb kürzester Zeit geschrieben und dann wie wild überarbeitet hatte: fieberhafte Wochen einer Inspiration, die so mächtig und übernatürlich war, dass sie sein Leben aufzehrte: ein Tag gegen jede Note. Und er war tatsächlich davon überzeugt, dass Pergolesi mit dem Tod um jeden Tag, der ihm noch blieb, gefeilscht hatte, nur um das schönste Kunstwerk zu vollenden, das je geschaffen wurde.

Schließlich war er tot und hinterließ den künftigen Interpreten seiner Arbeit viele Zweifel: So hatte er zum Beispiel nicht klargestellt, welche Teile eine Altstimme und welche ein Sopran singen sollte.

Alexander fasste diese Unvollständigkeit immer als Herausforderung auf. Niemandem war es in der Tat je gelungen, mit Sicherheit festzustellen, welche die angemessenste Art war, das *Stabat Mater* aufzuführen: Deshalb bieten heute die Musikgeschäfte immer viele ganz unterschiedliche Versionen an: mit kleiner oder großer Orchesterbesetzung, mit oder ohne Orgel, mit Contralto anstelle des Alts, mit heller Knabenstimme statt des Soprans und tausend andere mögliche Varianten.

Alexander hatte sie im Laufe seiner Karriere fast alle ausprobiert, bis er zu dem Schluss gelangt war, dass sehr wenige Instrumente genügten und dass das Cembalo der Orgel vorzuziehen war, weil es mit seiner metallischen Klangfarbe das Geräusch des Hammers, der auf die Nägel des Gekreuzigten schlägt, besser nachahmte.

Alexander hatte über diese seine Intuitionen lange mit dem Abt von Montecassino gesprochen, der unter anderem das Autograph des *Stabat Mater* unter Verschluss hielt. Der Mönch hatte ihm Schauder erregende

Sätze gesagt, und am schaurigsten war der folgende gewesen: »Gott selbst hat das *Stabat Mater* geschrieben und sich des Pergolesi nur bedient: Dies kann nicht Menschenwerk sein, denn das *Stabat Mater* geht weit über die Möglichkeiten und Grenzen des Menschen hinaus.« Nachdem er dies gesagt hatte, war er bald mit seinen Sandalen über den mit Siechtum behafteten Boden des Klosters davongeschlurft.

Von diesem großen Geheimnis fasziniert, hatte Alexander das *Stabat Mater* immer unter vielen Schwierigkeiten und Frustrationen dirigiert: Weil oft Fehler gemacht wurden: Entweder patzten die Sänger oder das Orchester, oder Alexander erkannte, dass ein bestimmter Satz langsamer hätte ausgeführt werden müssen, mit mehr seelischer Qual.

Wo aber stand die Wahrheit geschrieben?

»Im richtigen Tempo«, hatte Pergolesi manchmal annotiert: um die Dauer des Taktes anzugeben. Aber welches Tempo war richtiger als das andere?

Alexander fühlte, dass er die Antwort auf diese Frage in seinem Inneren verwahrte. Gewiss, es war leicht, sich die Musik vorzustellen, wenn man die Partitur ansah und sie im Kopf erklingen ließ: Aber es war viel schwerer, ein Orchester und zwei Sänger zusammenzubringen, denen es gelang, diese Intuition in die Tat umzusetzen.

Für sein letztes Konzert wollte es Alexander noch einmal wagen, indem er versuchte, jede Unvollkommenheit auszuschließen und die Dauer der Proben auszudehnen: Aber dazu brauchte man einen dem

Schmerz entsprechenden Ort. Einen kleinen und einen kalten Ort.

Die Kälte und das *Stabat Mater* hatte Alexander immer in einem gedacht: eine tiefe Kälte wie die, die der fiebernde Pergolesi empfunden haben musste, wenn er sich, wenn auch nur für einen Augenblick, von seinem Lager erhob: Es sind schreckliche Schauer, die lange dauern.

»Wenn die Kälte vollkommen in die Menschen eindringt, kann man nicht mehr viel ausrichten«, hatte sich Alexander gesagt.

Und so muss Pergolesi gestorben sein: an der Kälte, die seine eigenen Noten ausstrahlten. Vielleicht hätte er, wenn er das *Stabat Mater* im Sommer komponiert hätte, überlebt: Doch er hat es im Winter komponiert. Und an diesem seinem *Stabat Mater* ist er letztendlich gestorben.

3

Jetzt spricht Alexander erneut mit Dmitrj: Er will ihn davon überzeugen, dass der Beschluss bereits feststeht und er es sich nicht anders überlegen wird.

Wie bei allen Agenten kommt auch bei diesem Mann das Geld an erster Stelle.

Er sagt zu Alexander: »Das mit der Pressekonferenz im Adlon scheint mir eine sehr gute Idee zu sein. Dazu laden wir die Journalisten aus aller Welt ein: Das gibt einen Knalleffekt!« Und er fügt hinzu: »Aber hast du schon an das Konzert gedacht? Willst du, dass ich mit irgendjemandem Kontakt aufnehme?«

»Nein«, antwortet ihm der Maestro, »damit befasse ich mich lieber selbst. Aber du könntest mir die Telefonnummer von Rebecca Lunardi und von diesem kleinen Franzosen heraussuchen, der immer in *The Turn of the Screw* singt... Vantur heißt er, glaube ich.«

»VANUT! Marcel Vanut! Der kostet ein Vermögen«, erwidert Dmitrj und fragt ungeduldig: »Und der Ort? Welchen Aufführungsort sollen wir kontaktieren?«

»Das habe ich noch nicht entschieden.«

»Wien? Den Musikverein?«

»Ich schwöre dir, ich weiß es nicht.«

»Tja, du musst dich aber schnell entscheiden: Die Pressekonferenz muss vor Weihnachten stattfinden, denn dann kommen die Feiertage, und am Ende lässt sich überhaupt keiner blicken.«

»Am 16. Der 16. Dezember ist in Ordnung.«

»Heute ist der Erste … Ja, das müssten wir schaffen«, meint Dmitrj, »aber dann muss ich gleich loslegen.«

(…)

Rebecca nimmt den Hörer ab; sie sagt nur: »Ja?« Ihre Stimme ist tief und dunkel wie ein Brunnen.

»Norberg hier.«

»Norberg?« Rebecca kann es nicht fassen.

Ihre Freundschaft war viele Jahre zuvor, während der Generalprobe zu *Tancredi* in Palermo, in die Brüche gegangen, als Alexander sie vor versammeltem Orchester beleidigt hatte, weil sie wieder einmal zu spät gekommen war.

Tatsächlich kann Rebecca fast nicht glauben, dass er jetzt am Telefon ist.

»Meine Glückwünsche!«, sagt sie zu ihm – aber mit sarkastischem Unterton.

»Wozu beglückwünschst du mich?«

»Zu deiner Berufung, wozu sonst?«

»Es ist nicht so, wie du glaubst…«

»Erzähl mir nicht, dass sie sie zurückgenommen haben!«

»Ich kann jetzt nicht mit dir darüber reden, aber ich möchte dich sehen. Ich habe ein Projekt, und dieses Projekt hat auch etwas mit dir zu tun.«

»Ich habe schon zu viele Verpflichtungen«, erwidert sie und setzt hinzu: »Übermorgen fliege ich nach Sankt Petersburg und danach nach Rom. Du kannst dir nicht vorstellen …«

»Dann komme ich morgen«, schneidet er ihr das Wort ab.

»Morgen? Hierher, nach Lausanne?«

»Ja, ich habe schon nachgesehen: Es gibt einen Flug von Berlin. Ich komme am Nachmittag in Genf an.«

»Tja, Norberg, das bedeutet, dass du ein Taxi bis Lausanne nehmen musst, denn du wirst wohl nicht im Ernst erwarten, dass ich dich am Flughafen abhole.«

»Das habe ich auch nicht geglaubt. Jedenfalls sehen wir uns morgen gegen fünf Uhr. Du wohnst doch noch in der Rue de Varenne, oder?«

»Um genau zu sein: in der Rue de Varenne Nummer 24. Ich muss daran denken, den Pförtner über deine Ankunft zu informieren: Weißt du, bei all diesen Plagegeistern, die hier auftauchen, lässt der Pförtner überhaupt niemanden mehr herein: Neulich abends hat er sogar meinen Bruder abserviert und ihm gesagt, dass ich nicht zu Hause sei. Er nimmt sich wahnsinnige Freiheiten heraus, dieser Mann.«

Alexander lächelt: Er freut sich, dass sie einverstanden ist, ihn zu treffen.

Auch wenn sie keine so berühmte Sängerin war wie die Callas, die Tebaldi oder die Schwarzkopf, so hatte Rebecca doch eine dunkle Stimme mit einem besonderen Timbre, nur für ein begrenztes Repertoire geeignet, dessen Königin, aber auch Gefangene sie geworden war.

Wenn Lucia Valentini Terrani noch am Leben gewesen wäre, dann hätte Maestro Norberg bei seiner Entscheidung eine Alternative gehabt: Aber Rebecca war inzwischen als einzige mögliche Stimme für sein *Stabat Mater* übrig geblieben. Daran dachte Alexander, und er überlegte auch, dass alles schwieriger sein würde, wenn Rebecca ablehnte, für ihn zu singen: vielleicht sogar unmöglich.

Am nächsten Tag war er sehr erstaunt, dass sie ihn am Genfer Flughafen in der Ankunftshalle für die internationalen Flüge erwartete.

(...)

Rebecca war eine Einzelgängerin, eine hochmütige Frau, und sie war schön: von einer klassischen Schönheit, ohne allzu viel Ausdruckskraft.

Ihre Stimme beunruhigte, geheimnisvoll, wie sie war: und tief. »Bei den tiefen Tönen scheint sie die Stimme Gottes zu sein«, hatte dazu einmal ein Journalist blasphemisch geschrieben und sich auf ihre Klangfärbung in c-Moll bezogen.

Ähnliche Begabungen gibt es wenige auf der Welt, und die meisten holte sich das Schicksal zurück. Wie das einer Obsthändlerin in Palermo geschehen ist: Rebecca hatte sie um vier Äpfel gebeten und als Antwort ihre Stimme gehört: phänomenal.

»Sie hätten Gesang studieren sollen, Signora: Sie haben eine sehr schöne Stimme, wissen Sie das?«

Aber die Frau hatte nichts verstanden und ihr schlicht geantwortet: »Ach, was heißt hier Stimme: Obsthändlerin bin ich: Auf die Schule habe ich nicht gehen können.«

Was für eine Beleidigung des Schicksals: Eine solche Stimme zu vergeuden, damit sie Äpfel verkaufte. Rebecca dagegen hat mehr Glück gehabt. In ihrer Familie hat man sofort erkannt, wie einzigartig das Timbre ihrer Stimme war, und sie haben ihr erlaubt, bei einigen der besten Gesangslehrer der ganzen Schweiz zu studieren.

So ist also ihr Talent nicht verloren gegangen, aber etwas ebenso Wertvolles und Einmaliges in ihr ist geopfert worden.

Rebecca wurde das bewusst, als der Sohn der Obsthändlerin – ein Kind von neun oder zehn Jahren – auf seine Mutter zuging, in der Hand eine Rolle Fünfzigliremünzen.

»Mamma, Mamma«, sagte der Junge, dem der Rotz aus der Nase rann, »da bringe ich dir das Wechselgeld für die Signora.«

Woraufhin die Obsthändlerin ihm mit einem zärtlichen Kuss auf die Stirn gedankt hatte. Rebecca war auf diesen ihren liebevollen Austausch eifersüchtig geworden und hatte gedacht, dass diese Frau zwar ärmlich war, aber vielleicht glücklicher als sie.

Rebecca hatte keine Kinder bekommen, abgelenkt, wie sie war, von sich selbst, von dem Rhythmus, den das Künstlerleben ihr aufzwang: Dennoch hatte sie, weil sie sich nicht vom Schicksal entmutigen ließ, schließlich in Ungarn einen Sohn gefunden. Es war natürlich kein richtiger Sohn, sondern eine Art Adoptivsohn, den sie sich eines Abends ausgesucht hatte, während der Premiere von *Arabella* im Opernhaus von Budapest.

Schon seit vielen Jahren war Budapest die Voraussetzung dafür gewesen, dass Rebecca weiterhin in der Schweiz leben konnte.

»Ohne meine Wohnung in Budapest, wo ich jeden dritten Monat verbringe, könnte ich nicht in Lausanne leben: Die Schweiz ist für einen Künstler ein gefährlicher Ort. Sie ist gewiss der am wenigsten geeignete Ort, an dem ein Künstler wohnen kann: Sie ist eine Dampfwalze für die Inspiration, die jede mögliche Genialität einebnet«, hatte sie einer Journalistin von der *Süddeutschen Zeitung* gesagt.

Und Rebecca war tatsächlich zutiefst von der Richtigkeit ihrer Worte überzeugt, aber sie glaubte auch, dass die Schweiz und Ungarn sich perfekt ergänzten.

Und in der Tat: Fast immer, wenn sie einen Monat in der heiteren Unordnung von Budapest verbracht hatte, verspürte Rebecca das Bedürfnis, in die Schweiz zurückzukehren, um den für ihr Volk typischen Mangel an Lebenslust wiederzufinden. Gleichermaßen wurde sie der Schweiz bald überdrüssig und flüchtete sich erneut nach Budapest, das ihr einfach und ärmlich, aber sehr beeindruckend und voller natürlicher Eleganz zu sein schien.

Es war also kein Zufall, dass sie ausgerechnet in Ungarn einen Sohn für sich fand, und nicht in Lausanne.

Es war ein paar Jahre zuvor passiert: Rebecca hatte sich im letzten Augenblick zum Opernhaus begeben, um sich die *Arabella* von Richard Strauss anzuhören. Während sie im Schaltersaal an der Kasse anstand, war ein Junge an sie herangetreten – der lange neben der kleinen Sphinx mit den riesigen Fingern gestanden hatte – und hatte sie gefragt: »Eine Karte, gnädige Frau? Wollen Sie für 500 Forint eine meiner Karten für den dritten Rang kaufen?«

Sie sah ihn an, überlegte, dass sie von der Empore weder etwas sehen noch etwas hören würde, und zog es vor abzulehnen. Er aber insistierte: »Ich habe eine zusätzliche Karte, und wenn Sie sie mir nicht abkaufen, wird sie verfallen.«

Rebecca, die die *Arabella* sehr liebte, wollte in der vordersten Reihe des ersten Rangs Mitte sitzen: Sie schüttelte also noch einmal den Kopf, freute sich aber festzustellen, dass der Junge, der vielleicht achtzehn war, gleich darauf einen Käufer gefunden hatte, einen älteren Herrn, der ihm das Billet abnahm und dafür mit kleinen Münzen bezahlte.

Während der Verkauf unter der Hand stattfand, betrachtete Rebecca eingehend dieses sehr herbe Gesicht mit den Augen, die für das lange und hagere Oval zu groß waren, und sie verspürte sofort ein geheimnisvolles Gefühl des Besitzergreifens.

Es war absurd, dass sie dies einer Person entgegenbrachte, und nicht einem Gegenstand: Dennoch, in dem überfüllten Schaltersaal wurde ihr schlagartig klar, dass sie diesen Jungen für sich haben wollte.

Es handelte sich um eine starke Anziehung, und Rebecca schämte sich ein wenig dafür. Noch wusste sie nicht, dass dieser Junge ihr Sohn werden würde, aber sie spürte immer deutlicher, dass sie ihn für sich haben wollte. Unterdessen kam sie an die Reihe, und sie wandte sich auf Ungarisch an die Frau an der Kasse und verlangte eine Eintrittskarte für die vorderste Reihe des ersten Rangs Mitte: »Die beste, die Sie haben, wenn ich bitten darf.«

So sagte sie immer an den Kassen: Sie fand einen bourgeoisen Gefallen daran, vor allem in Budapest, dieser schönen, aber armen Stadt, in der die Leute gewöhnlich die schlechteste Karte, die billigste, kauften.

Aber dieses Mal sagte sie es nicht mit der gleichen Unbefangenheit wie sonst. Und sie drehte sich um: Der Junge war nicht mehr da, und auch der alte Mann war verschwunden. Rebecca wurde unruhig. Die Ungeduld, dieses Gesicht wiederzusehen, trieb sie schnell auf den monumentalen Eingang der Oper zu. Sie – die eine hochgewachsene Frau war – blickte über die Köpfe der anderen hinweg und hielt Ausschau. Sie suchte und suchte weiter, vergebens: Er war nicht zu finden. Dann begab sie sich die Treppen hinauf, in Richtung Empore. Doch da sie vergessen hatte, sich den Mantel aufzuknöpfen, wurde ihr warm. Beim Hinaufgehen spürte sie, wie ihr Gesicht schon vor Röte prickelte und dass die Haare, hinten im Nacken, feucht wurden. Unterdessen ertönte der Gong. Rebecca ging in eine der Damentoiletten und erfrischte sich, nachdem sie den Hahn mit dem kalten Wasser geöffnet hatte – das im Winter eiskalt war –, das Gesicht, zweimal. Endlich konnte sie besser atmen.

Die Oper sollte nun gleich beginnen, und die Leute drängten sich lärmend über die schmalen Treppen, die zum ersten Rang führten. Dort erkannte Rebecca den Mann wieder, der die Karte für den Sitz neben ihrem Sohn gekauft und mit den kleinen Münzen bezahlt hatte, und sie ging geradewegs auf ihn zu: »Entschuldigen Sie bitte vielmals, mein Herr«, sagte sie zu ihm, »ich habe es mir anders überlegt, wissen Sie, erinnern Sie sich? An der Kasse… Dieser Junge, der Ihnen die Karte für die Empore verkauft hat: Genau, ich möchte die *Arabella* dieses Mal von oben sehen. Ja, die Akustik wird nicht gerade hervorragend sein, das ist mir klar, aber…«

Und indessen ertönte der Gong zum letzten Mal, und er sah sie an, und während er sie ansah, war ihm alles klar. Als sie ihm dann ihre eigene ausgezeichnete Karte für den ersten Rang anbot, war er natürlich mit dem Tausch einverstanden.

Aber er sagte: »Ein bisschen jung für Sie, meinen Sie nicht?«

Rebecca wurde fast übel vor Scham, und sie begann sich zu überlegen, was sie zu ihrem Sohn sagen könnte: Wie sollte sie die Tatsache rechtfertigen, dass sie nun doch neben ihm sitzen würde?

Eine der Platzanweiserinnen sah sie zaudernd vor der Tür verweilen und begleitete sie mit einem Lächeln an ihren Platz. Zum Glück wurden genau in diesem Augenblick die Lichter gelöscht, und in dem Moment, da sie sich neben ihrem Sohn niederließ, setzte die Musik ein.

Nun hatte sie den ganzen ersten Akt lang Zeit, sich eine gute Erklärung auszudenken.

(...)

Im russischen Restaurant von Genf geht es sehr laut zu, und natürlich gibt es dort ein Musikerpaar, das Balalaika spielt. Sowohl Rebecca als auch Alexander sind mehrfach in Sankt Petersburg und in Moskau aufgetreten und waren immer aufs Neue begeistert von dem guten Essen und dem guten Wodka, den man in diesen Städten traditionell kostet. Ja, da sie auch, eher zum Spaß, ein paar Wörter Russisch gelernt haben, wenden sie sich jetzt an den Kellner in seiner Sprache, fragen ihn nach den Spezialitäten des Hauses, und da sie sich nicht zwischen den vielen Gerichten, die er empfiehlt, entscheiden können, überlassen sie es ihm, die Wahl für sie zu treffen. Während sie es hinauszögern, über das Konzert zu sprechen, erinnern sie sich an die ehemalige Sowjetunion und grübeln über die Tatsache nach, dass Moskau Tag für Tag Zürich immer ähnlicher wird.

Alexander schiebt das Thema Konzert absichtlich vor sich her: Er hofft, dass der Wodka ihm die Aufgabe ein wenig erleichtern wird.

Aber dann fällt er gleich mit der Tür ins Haus. Er sagt: »Ich habe beschlossen, mich zurückzuziehen.«

»Bist du noch bei Trost?«, erwidert Rebecca. Und sie fügt hinzu: »Ich glaube dir nicht.«

»Es ist aber trotzdem wahr! Dmitrj hat beinahe einen Herzinfarkt bekommen. Du hättest dieses Telefongespräch hören sollen ...«

»Aber warum? Warum musst du eine solche Dummheit begehen?«

»Ich weiß es nicht«, antwortet er. »Den wahren Grund kenne ich nicht. Es müssen viele Gründe sein, und sie sind alle zusammengekommen.«

»Aber was habe ich damit zu tun?«

»Das *Stabat Mater* von Pergolesi, mein letztes Konzert: Ich brauche dich.«

Daraufhin bleibt Rebecca stumm.

»Niemand erhält eine Gage«, schiebt er nach.

»Das ist kein Problem. Aber die Journalisten? Wer stellt sich den Journalisten?«

»Es gibt eine Pressekonferenz in Berlin, am 16. Dezember. Ich wäre dir dankbar, wenn auch du dazukommen würdest.«

»Aber so eine Pressekonferenz kann man nicht veranstalten: Ist dir das nicht klar? Die erwarten doch, dass du den Posten annimmst, und was machst du? Willst du ihnen etwa sagen, dass du ihn ablehnst und dass du nie wieder dirigieren wirst?«

»Ja: Genau das werde ich sagen.«

»Aber was wirst du ihnen erzählen? Dass du nicht weißt, warum du beschlossen hast, dich zurückzuziehen? Das wirst du ihnen sagen?«

»Der Grund, weshalb ich mich zurückziehe, geht sie

nichts an. Ich werde mir schon etwas einfallen lassen. Und dann gibt es ja auch noch die Ankündigung des letzten Konzerts. Stell dir vor, was für eine Überraschung das sein wird, wenn ich die Rede auf das *Stabat Mater* und dich bringe …«

»Und mit mir? Wer wird mit mir singen?«

»Vanut.«

»Vanut mag ich«, antwortet sie, ohne zu bemerken, dass sie schon zugesagt hat.

4

Marcel Vanut war als Sohn französischer Eltern, die an Siena einen Narren gefressen hatten, in Italien zur Welt gekommen; er war vor Kurzem elf Jahre alt geworden, und seine Knabenstimme galt als die berühmteste auf der Welt. Doch Pergolesis *Stabat Mater* hatte er noch nie gesungen.

»Es ist absurd«, dachte Alexander im Nachtzug, der ihn aus der Schweiz in die Toskana brachte. »Unter einer Milliarde hat ein einziger Junge eine solche Stimme, und was machen seine Eltern? Sie lassen ihn fast nur in Benjamin Brittens *The Turn of the Screw* singen.«

Tatsache ist, dass Marcel Vanuts Eltern immer sehr für das Geld empfänglich gewesen sind, und da sie wussten, dass die Stimme ihres Sohnes eine begrenzte Haltbarkeit haben würde (alle Knabenstimmen verwandeln sich mit der Entwicklung des Körpers), hatten sie es vorgezogen, diese Stimme auf ein ganz schmales Repertoire festzulegen. Schon seit einigen Jahren kam kein Opernhaus, das auf sich hielt und *The Turn of the Screw* aufführen wollte, darum herum, Marcel Vanut für die Rolle des Miles zu engagieren.

Seit er acht Jahre alt gewesen war, war der Knabe eine regelrechte Legende dieser Oper geworden, und da er sie bis zum Überdruss studiert hatte und besser sang als alle anderen, hatte sich seine Gage dieser Spitzenstellung angepasst.

»Warum unendlich viel Zeit vergeuden, das *Stabat Mater* zu lernen, wenn unser Sohn, ohne etwas Neues einstudieren zu müssen, zwanzigtausend Dollar pro Aufführung verdienen kann?«

Dies sich sagen lassen zu müssen – davor hatte Alexander Angst. Und genau dieser Satz tönte ihm noch im Kopf, als der Zug endlich in Florenz einlief. Hier würde Alexander eine Stunde Aufenthalt haben, um auf den Anschlusszug nach Siena zu warten.

Vor dem grauenhaften Bahnhofsgebäude kam ihm die Stadt langsam vor: ein Ort voller Hotels, auf die die riesigen einfältigen Schilder schamlos hinwiesen. Er betrat ein Café.

»Was willst du?«, fragte ihn der Kellner, der festgestellt hatte, dass es zwischen ihnen keinen großen Altersunterschied gab.

»Coffee, please«, gab Alexander zur Antwort.

Der Kaffee kam schnell, und zwar in einem winzigen Tässchen: So machten sie es immer in Italien. Und danach bekam Alexander Herzklopfen: Doch er mochte den kräftigen Geschmack des italienischen Kaffees, ja, er hatte auch an diesem Morgen beschlossen, ihn zu trinken.

»Can I please have some milk?«

»Der will doch glatt Milch drin haben!«, murmelte

der Kellner, und wild mit den Händen herumfuchtelnd, fügte er hinzu: »*Next time:* MACCHIATO! Wenn du ihn ›mit Milch‹ haben willst, musst du sagen: ›macchia-to‹!«

Alexander, der über dieses ganze Theater lächeln musste, begriff, dass Italien ein Land der ununterbrochenen Komödie ist und seine Bewohner alle große Schauspieler sind.

(…)

Der Zug nach Siena war eine Bummelbahn: grün und kastanienbraun. Auf den Sitzen lagen vergessene Lokalzeitungen vom Vortag, schon nicht mehr aktuell und von vielen Händen durchgeblättert. Alexanders Waggon war fast völlig leer, und obwohl es Winter war, schien die Sonne.

Während der Zug langsam immer weiter in die Landschaft hineinrollte, verloren sich alle Farben der Stadt, bis nur noch eine Ockerfarbe wie die Farbe verbrannter Erde zurückblieb: schon die Farbe von Siena.

Alexander schaute aus dem Fenster und dachte, dass es schön sein müsste, in Siena zu wohnen. Er hätte gewiss niemals in Florenz leben können, auch nicht in Neapel und noch weniger in Rom, einer Stadt mit einer zu grandiosen Vergangenheit, in der die Kellner den Touristen auf der Straße auflauern und sie aufdringlich auffordern, in ihr Restaurant zu kommen.

Doch noch ehe er die Stadt sah, wusste Alexander, dass Siena anders sein würde. Und seine Ahnung wurde bald darauf bestätigt, als der Zug in den Bahnhof einfuhr und er in der Ferne die alten Mauern der Stadt erkannte.

Marcel Vanut erwartete ihn am Bahnsteig Nummer 4 in Begleitung seines Vaters.

Marcels Vater – Monsieur Vanut – hatte einen Schnurrbart, und es war ein strenger Schnurrbart, fast schon militärisch. Sein Gesicht dagegen war lang und eingefallen und überhaupt nicht Respekt einflößend. Dennoch begriff Alexander, dass Marcel sich vor ihm fürchtete. Das war ihm klar geworden, weil der kleine Junge während der Begrüßung stumm geblieben war und sich immer einen Schritt hinter seinem Vater hielt, der sagte: »Hatten Sie eine gute Reise, Maestro?«

»Ja, sofern es überhaupt gut sein kann, in einem Nachtzug zu reisen«, antwortete ihm Alexander, und darauf lachten sie alle ein wenig gezwungen.

Marcels Haus war theatralisch, und theatralisch war auch seine Mutter – ein Abbild der Aufgeregtheit –, die Alexander unter vielen Respektbekundungen empfing. Sie war es, die den Sohn schon sehr bald aufforderte, sich auf sein Zimmer zu begeben, weil »Papa und Maman *wichtige Dinge* mit Maestro Norberg besprechen müssen«.

In Wirklichkeit betrafen diese *wichtigen Dinge* vor allem Marcel, doch in diesem Haus war es offensichtlich zur Gewohnheit geworden, ihn von jeder Entscheidung auszuschließen, die ihn selbst betraf: Um ihn ganz rein und fein zu erhalten. Ein vollkommenes Geschöpf, mit der Stimme einer Frau.

Sie waren besorgt, diese französischen Eltern. Sie waren besorgt über die Tatsache, dass ihr Sohn anfing, erwachsen zu werden.

»Haben Sie gesehen, Maestro? Haben Sie gesehen, wie groß seine Hände sind? Und wenn Sie erst seine Füße sehen könnten! Er hat bereits die Füße eines Erwachsenen: In diesem noch zierlichen Körperchen herrscht ein absurdes Missverhältnis!«

»Er ist erst elf Jahre alt, aber sein Wachstum hat vorzeitig eingesetzt«, erklärte der Vater. »Es bleibt nur noch ein Jahr oder vielleicht noch ein wenig mehr: Dann wird seine Stimme sich ändern, und man wird nichts mehr machen können. Wir waren davon ausgegangen, dass es bis dreizehn oder vierzehn so weitergehen könnte, aber nein. Er wächst vor der Zeit.«

Dramatisch fährt die Mutter fort: »Diese verheerenden Hormone zerstören unseren Sohn: die schönste Stimme des Jahrhunderts!« Und um zu unterstreichen, dass es sich nicht um eine Übertreibung handelte, hatte sie hinzugefügt: »Sehen Sie, es ist wahr: Auch *Le Monde* hat das geschrieben.«

Und in der Tat: Marcel Vanuts Stimme war wirklich wunderschön: Sie zu hören war betörend.

Der Maestro dachte, dass es schwierig werden würde, diese beiden Irren davon zu überzeugen, dass ihr Sohn für ihn singen sollte – so lange, und das noch ohne Vergütung.

Doch sie hatten intuitiv erfasst, dass Alexander Norbergs letztes Konzert ein denkwürdiges Ereignis sein würde und dass Marcel, wenn er dabei mitmachte, endgültig in die Musikgeschichte eingehen würde. Und tatsächlich, sobald sie anfingen, über das *Stabat Mater* und die Termine zu reden, an denen das Kind sich zur Verfügung halten müsste, zeigten sie sich entgegenkommend. Wer weiß, welche Berechnungen sie in ihrem Kopf anstellten. Vielleicht zielten sie auf eine noch größere Berühmtheit ab, oder möglicherweise wünschten sie, dass ihr Sohn – bereits am Ende seiner Karriere angelangt – auch noch wegen etwas anderem in Erinnerung bleiben würde als wegen *The Turn of the Screw*.

Alexander hatte gewiss nicht geglaubt, dass es so leicht werden würde, sie zu überzeugen, und er hatte auch nicht erwartet, dass Marcel schon am Abend zuvor einen kurzen Abschnitt des *Stabat Mater* – das *Pro peccatis* – einstudiert hatte, das er in der Tat als Überraschung – ohne auch nur vom Klavier begleitet zu werden – vorsang. Alexander blieb zunächst regungslos neben einem Bücherschrank stehen, hingerissen, und musste sich schließlich, von Schwindelgefühlen gepackt, setzen, so ergriffen war er.

(…)

Jetzt, da Alexander seine Sänger beisammenhatte, fehlten ihm nur noch zwei Dinge: der Aufführungsort und das Orchester. Da wenige Instrumentalisten ausreichten, würde Alexander die Solisten der Münchener Philharmonie um Hilfe bitten.

Was jedoch den Ort anging, so zögerte er lange, und tatsächlich konnte er auf der Pressekonferenz dazu keine Aussagen machen. Stattdessen begab er sich einfach in Begleitung von Rebecca und Marcel ins Adlon, setzte sich mit ihnen an den langen Tisch, der vor den vielen Journalisten stand, und sobald Ruhe eingekehrt war, verlas er seine Bekanntmachung: »Ohne dass es einen bestimmten Grund dafür gibt, habe ich beschlossen, die Ernennung zum Chefdirigenten der Berliner Philharmoniker auszuschlagen. Darüber hinaus habe ich beschlossen, mich ins Privatleben zurückzuziehen und niemals mehr öffentlich aufzutreten. Am 31. Januar werde ich mein letztes Konzert geben: Auf dem Programm steht das *Stabat Mater* von Giovanni Battista Pergolesi und nichts anderes. Die Solisten, die heute neben mir sitzen, sind Rebecca Lunardi und Marcel Vanut.«

Genau in dem Augenblick, in dem der Maestro seine Ansprache beendete, sprangen alle Journalisten auf, und die Fragen prasselten nur so auf Alexander nieder.

Sofort blickte er Rebecca an, die nur mit ihren Augen zu ihm sagte: »Das geschieht dir recht!« Aber er machte ihr ein Zeichen, dass sie jetzt aufstehen konnten, und er ging davon, ohne auch nur eine einzige Frage zu beantworten.

»Es wird eine zweite Pressekonferenz geben!«, brüllte sein Agent, in fliegender Aufregung, zweimal ins Mikrofon.

Am nächsten Morgen brachten die Zeitungen auf der ganzen Welt die Nachricht von Alexanders Rückzug groß heraus, und jeder Kommentator spielte sich zum Richter über diese Entscheidung auf: »Das ist ein unüberlegter Beschluss«, schrieb jemand, »ein Akt äußerster Arroganz!«, ein anderer.

Und alle waren verblüfft über die Tatsache, dass von seinem letzten Konzert nur das Programm angekündigt worden war und dass bis auf die Solisten nichts weiter bekannt war.

Die zweite Pressekonferenz fand bald darauf statt, und dann hatten die Journalisten wirklich Grund, verblüfft zu sein.

Dieses Mal kam Alexander ein wenig zu früh an: Er wollte noch mit Rebecca und Marcel zusammentreffen. Zu ihnen sagte er: »Ich habe mich für einen Ort entschieden, aber es ist ein kleiner Ort, und es wird nur für wenige Leute Platz geben.«

»Und wo soll das sein?«, wollte Rebecca wissen.

Auf Alexanders Antwort hin sprang sie auf und schrie: »Du, Norberg, solltest einen Arzt aufsuchen, einen Analytiker, meine ich! Wie kannst du auf so einen Ort verfallen? Das ist etwas für Verrückte, und außerdem wird niemand kommen: Dort erfriert man ja!«

»Ich will die Kälte, und ich will wenig Publikum.«

»Und warum?«, fragte Rebecca wutschnaubend zurück.

»Weil das Publikum ständig stört. Je kleiner es also ist, desto besser.«

Rebecca verlor die Geduld und löcherte ihn mit weiteren Fragen.

»Du bist wie einer von denen da drinnen«, sagte Alexander zu ihr und zeigte mit der Hand auf den Saal der Pressekonferenz, wo die Journalisten, noch zahlreicher als beim Mal davor, darauf warteten, dass sie eintraten.

»Und was ist mit den Eintrittskarten? Hast du daran gedacht?«

»Die gibt es gratis, aber was das anbelangt, so habe ich eine echte Überraschung parat, und da wird es bald etwas zu lachen geben.«

»Dann gehen wir«, hatte sie ihm, neugierig geworden, geantwortet. Und so waren sie zusammen mit Marcel, der während ihrer ganzen Unterhaltung geschwiegen hatte, in den großen Festsaal gegangen, in dem die Journalisten in ungeordneten Haufen dasaßen.

»Vor vielen Jahren«, sprach Alexander ins Mikrofon, »musste ich einmal wegen eines Notfalls nach New York. Ich fuhr zum Flughafen, aber es war kurz vor Weihnachten, und es war kein Ticket mehr zu haben. Nur eine kleine Fluglinie, die Icelandair, bot einen Platz an, allerdings musste man eine Zwischenlandung in Reykjavík in Kauf nehmen. Offensichtlich wollte es das Schicksal, dass ich damals nicht bis nach New York kam, denn bei unserer Landung in Island stieg plötzlich Nebel auf, und das Flugzeug konnte nicht mehr starten. Man quartierte uns im Hotel Borg ein, einem kleinen Hotel im Zentrum. Aus dem Fenster meines Zimmers erkannte man neben dem Parlamentsgebäude die Umrisse eines weiß-grünen Kirchleins: Das war der alte, Ende des 18. Jahrhunderts errichtete Dom. Ein einfacher, aber schmucker Bau. Während ich die Kirche betrachtete, fühlte ich mich heiter, dennoch bin ich nicht hineingegangen, um sie mir anzusehen: Ich hatte Angst, dass die Neugierde den Traum zerstören könnte. Kurzum: Ich habe beschlossen, dass mein letztes Konzert dort stattfinden wird. Der Eintritt wird frei sein, und die 52 Zuhörer werden anhand der Einträge im Telefonbuch von Reykjavík per Los ermittelt.«

Rebecca blickte Alexander sogleich mit kindlichem Staunen an und bemerkte, dass sich ihre Lippen, ohne dass sie es wollte, immer weiter öffneten: Sie hatte bereits angefangen zu lächeln: Und sie war voller Freude.

DRITTER AKT

Reykjavík

1

Schon seit vielen Jahren hatte sich in Island nichts wirklich Außergewöhnliches mehr ereignet. Gewiss, 1986 hatten sich die Präsidenten der Vereinigten Staaten und der Sowjetunion ausgerechnet in Reykjavík getroffen, aber danach war es um Island wieder ganz still geworden, und alle hatten vergessen, dass die Insel überhaupt existiert. Doch am Tag nach Alexanders Pressekonferenz begannen die Zeitungen erneut, sich mit diesem geographisch großen, aber sehr dünn besiedelten Land zu befassen. Neben der Nachricht von dem Konzert hatten die Tages-, aber vor allem die Wochenzeitungen eine Europakarte abgebildet, auf der Island insofern hervorgehoben wurde, als es in einer dunkleren Farbe gedruckt war. An den Rändern der Seiten hatte man dann kurze Übersichten eingerückt, die den Leser über die Zahl der Bewohner der Hauptstadt informierten, sowie über die Tatsache, dass Island dank des internationalen Kabeljauhandels reich ist, dass es dort Geysire, Wale, Papageientaucher und alle solche Dinge gibt und dass Akureyri, die zweitgrößte Stadt – 1778 von zwölf dänischen Gefangenen gegründet – heute über sechzehntausend Einwohner hat.

Die Reisemagazine hatten, sobald sie die Neuigkeit erfahren hatten, im letzten Augenblick noch das Titelblatt ihrer Januarausgabe geändert. Der Chef des Büros von *Viaggi Oggi* in Berlin berief die Redaktion zu einer Dringlichkeitssitzung ein und sagte: »Ich will alles über Reykjavík haben: die schönsten Fotos, die Museen, die Hotels, das Nachtleben, Kurioses, dies und das. Ich brauche alles: Und ich brauche es bis morgen Mittag.«

In Reykjavík indessen waren die Leute misstrauisch. Kaum hatte die Abendausgabe der Nachrichten das letzte Konzert von Alexander Norberg angekündigt, hatte sich die Neuigkeit verbreitet, und alle hatten sich sofort vergewissert, dass ihr Name auch wirklich im Telefonbuch stand.

Am nächsten Morgen widmete dann das *Morgunbladid,* die wichtigste Zeitung des Landes, fast seine gesamte Ausgabe dem Ereignis. Die Überschrift, die sich über sieben Spalten erstreckte, lautete: *Wieder einmal blickt alle Welt auf Reykjavík.* Zahlreiche Kommentare wurden veröffentlicht, darunter einer des Bürgermeisters von Kópavogur, der – angesichts der Nähe seiner Stadt zur Hauptstadt – vorschlug, in die Auslosung auch die Bewohner seiner Stadt und überhaupt alle Bewohner der Nachbarorte einzubeziehen.

Unterdessen beglückwünschte der Staatspräsident Alexander persönlich in einem sehr langen Telegramm, an dessen Ende stand: »Das isländische Volk ist Ihnen unendlich dankbar für Ihre Entscheidung und erwartet Sie hier in Reykjavík mit offenen Armen.«

Und der Präsident war auch persönlich bestrebt, den Ablauf der Auslosung zu verfolgen: Es war der 4. Januar 2001. In jener Nacht – einer der dunkelsten und kältesten in der Geschichte Islands – herrschte allenthalben Stille. Während einer Sondersendung der Nachrichten, bei der alle Sender zusammengeschaltet waren, erfolgte live die Auslosung sämtlicher 52 Personen, die am 31. Januar zum letzten Konzert von Alexander Norberg eingeladen werden sollten. Die Ansagerin des Ersten Programms – die dieses Mal auch zu den Zuschauern des Zweiten und des Dritten Programms sprach – gab bekannt: »Die Eintrittskarten für das Konzert von Alexander Norberg sind soeben von Notar Bragi Stefánsson verlost worden, und deshalb übergebe ich das Wort an unseren Präsidenten, der die Namen verlesen wird.«

Auf der Straße war kein Mensch mehr zu sehen. Um dieses wichtige nationale Ereignis nicht zu versäumen, hatten auch die Restaurants und die Cafés vorzeitig geschlossen. Die Häuser waren verstummt, und die Neugeborenen hatten aufgehört zu weinen.

Das Thermometer zeigte eine Temperatur von dreizehn Grad unter null an, als der Präsident das Wort ergriff und mit großer Feierlichkeit verkündete: »Für den Besuch des Konzerts von Alexander Norberg sind folgende Bürger ausgelost worden: Grétar Franksson aus Reykjavík, Halldór Másson aus Kópavogur, Rósa Árnadóttir aus Grindavík, Olga Stefánsdóttir aus Reykjavík, Sigurbjörg Óskarsdóttir aus Hafnir, Nikulás Einarsson aus Hafnarfjörður, Anna Elíasdóttir aus Reykjavík …«

Während er fortfuhr, die Namen vorzulesen, wechselten sich in den Häusern die seltenen Freudenschreie mit ungezügelten, neiderfüllten Kommentaren ab, bis der Präsident den letzten Namen von der Liste ablas: »Hákon Pétursson.«

Und niemand konnte es fassen, dass er, der schönste junge Mann von Island, vom Schicksal auch noch dieses Geschenk erhalten sollte.

(…)

In jener Nacht sitzt Hákon nicht vor dem Fernseher. Um die Wahrheit zu sagen: Er sieht niemals fern, wenn seine Schwester Stella – die an der Ostküste Islands lebt – bei ihm zu Besuch ist. Sie haben gerade zwei angenehme Tage miteinander verbracht. Doch gestern Abend haben sie sich, statt über unverfängliche Themen zu reden, viele Wahrheiten gesagt und sind aufrichtig zueinander gewesen.

Sie sind beinahe gleich alt, und da sie kurz nacheinander geboren sind, werden sie in der folgenden Woche beide zwanzig sein. Die Begegnung mit Stella und ihre Fragen haben Hákon beunruhigt: Deshalb sollte er in jener Nacht Albträume haben, die ihn mit ihrer Macht unvorbereitet trafen.

Die Albträume entstehen immer aus den Wunden des Geistes, ja, sie sind die Eiterergüsse des Unbewussten aus diesen Wunden.

Bis jetzt war Hákon heiter gewesen, weil er sich eigentlich niemals Fragen über sein eigenes Leben gestellt hatte: Vielmehr zog er es vor, aus dem Augenblick heraus zu handeln, und unabhängig davon, welche

Folgen sein Tun hatte, dachte er hinterher nicht mehr daran. Sein Verhalten war ganz und gar isländisch – typisch für eine von Natur aus wilde Insel, auf der die Menschen – aber vor allem die jüngeren –, die das Eintreffen einer Katastrophe fürchten, vermeiden, langfristig zu planen, und sozusagen in den Tag hinein leben.

Wie vielen anderen seiner Altersgenossen fehlte auch Hákon ein Lebenssinn.

Stella dagegen war nicht so wie er. Sie hatte es vorgezogen, an der Ostküste Islands zu bleiben. Sie war nicht geflohen und wohnte noch heute in einem jener fluchbeladenen Dörfer, in denen die jungen Leute oft der Reihe nach Selbstmord begingen und so eine Kette des Grauens bildeten.

Sie, die dieses Mal mit dem Autobus aus Höfn gekommen war – weil es einen scheußlichen Sturm gegeben hatte und folglich fast alle Flugplätze der Insel geschlossen worden waren –, hatte viel Zeit zum Nachdenken gehabt.

Auf der langen Reise nach Reykjavík hatte sie in der Tat nachgedacht. Sie dachte an ihren abgöttisch geliebten Bruder und dachte auch, dass sie die Wahrheit über all die verleumderischen Geschichten herausfinden wollte, die über ihn in Umlauf waren.

Ihr waren viele Fragen in den Sinn gekommen. Hákon hatte auf einige davon antworten können, auf andere jedoch nicht. Er hatte Stella schweigend angesehen, weil er die Antwort auf diese Fragen – die ihn trotzdem betroffen machten – tatsächlich nicht wusste.

Lange herrschte zwischen ihnen Verlegenheit.

Hákon senkte oft die Augen, die sehr eng beieinanderstanden und traurig waren, und dann erwiderte er: »Ich weiß es nicht.«

Daraufhin sagte Stella ihm, dass in Höfn die Abtreibung, die das Mädchen aus Hafnarfjörður hatte vornehmen lassen, ebenso allgemein bekannt sei wie die Tatsache, dass er eine Nacht im Gefängnis verbracht hatte, nachdem man ihn im Besitz einiger unerlaubter Substanzen angetroffen hatte. Man argwöhnte auch, dass er sich mit vielen verheirateten Frauen einließ, und behauptete sogar, dass der jüngste Sohn von Eva Ólafsdóttir in Wirklichkeit sein Sohn sei.

»Du wirst schlimm enden, Hákon«, hatte Stella zu ihm gesagt. Und sie hatte wiederholt: »Es wird sehr böse mit dir enden, wenn du so weitermachst.«

Er dagegen hatte niemals Angst gehabt vor dem, was er tat, und diese seine Dreistigkeit hatte er sich auch auf die Lenden tätowieren lassen: NO FEAR AT ALL stand, mit schwarzer Tinte, unauslöschlich auf seiner Haut geschrieben. Und alle konnten es am Samstagabend, knapp über seinem Hosenbund, lesen, wenn er – trotz der großen Kälte – mit nackter Brust die Nachtlokale von Reykjavík betrat.

Schließlich wechselten die beiden Geschwister das Thema: Und sie wechselten es abrupt, indem sie von den wichtigen Aspekten in Hákons Leben auf ein völlig belangloses Detail zu sprechen kamen. »Schön ist dein Kristallkreuzchen«, sagte Stella unvermittelt zu ihm. Und er: »Es kommt aus Paris, ich habe es bei

Lalique bestellt. Es ist eine Rarität: Nicht einmal die Frau des Präsidenten hat so eines.« Und von dem Café, in dem sie gesessen hatten, waren sie nach Hause gegangen, durch die Laugavegur, die Hauptstraße der Hauptstadt, dieselbe, die in der letzten Ausgabe von *Viaggi Oggi* als »Die Via Montenapoleone von Reykjavík« bezeichnet worden war. Dann waren sie, weil sie viel Wodka getrunken hatten, fast auf der Stelle eingeschlafen, aber ihre Ruhe war von kurzer Dauer. Um drei Uhr früh wurde Stella nämlich von den plötzlichen Schreien ihres Bruders geweckt: Hákon war in Schweiß gebadet und brüllte. Seine Augen waren geschlossen, und wahrscheinlich schlief er noch. Stella stand sofort auf, und nachdem sie ein Tuch in ein wenig kaltes Wasser getaucht hatte, legte sie es ihm auf die Stirn. Aber ihr Bruder wachte nicht auf, und er kam auch später, während sie ihm verzweifelt das Gesicht streichelte, nicht zu sich.

Schließlich gab es den wildesten Schrei: Erst dann schlug Hákon die Augen auf und bemerkte, dass Stella sich über ihn beugte.

Sobald er wach war, beruhigte er sich rasch wieder, und als er sah, dass seine Schwester weinte, blickte er sie verunsichert an.

(…)

Jetzt ist es Morgen. Es ist der Morgen nach dem Albtraum. Hákon und seine Schwester gehen durch die Laugavegur, die eisglatt und leer ist. Es ist acht Uhr, und gleich wird Stellas Autobus abfahren.

Die noch geschlossenen Geschäfte und die Cafés, an denen sie vorbeikommen, scheinen traurig zu sein – leer, wie sie sind und ohne Licht. Nur die Möwen sind in Bewegung. Während Stella sich bereit machte, hatte Hákon sie lange vom Fenster aus beobachtet. Jetzt dagegen sind sie ihm im Weg.

»Dies hier ist ein Bürgersteig und kein Möwensteig!«, schreit er nervös, aber sie verschwinden nicht. Sie spreizen die Flügel, flattern ein wenig damit, dann schließen sie sie wieder und umkreisen weiter seine Füße.

Hákon und Stella stützen sich unterdessen gegenseitig, ohne etwas zu sagen. Sie sind ein bisschen betreten, aber als sie zur Bushaltestelle von Hlemmur kommen, verabschieden sie sich sehr liebevoll voneinander.

Dann fährt sie ab, und während er ihr nachblickt,

denkt er zurück an Höfn. Er denkt, dass Höfn der erbärmlichste Ort der Welt ist, das furchtbarste Dorf von allen, und während er dieses Kaff mit den Augen der Erinnerung vor sich sieht, wird ihm klar, dass er wirklich gut daran getan hat, von dort wegzugehen und nach Reykjavík zu ziehen.

Sein Vater, der Besitzer einer Lachsfarm, war ein reicher Mann, und als Hákon zu ihm ging, um ihm zu sagen, dass er von Höfn die Nase voll hatte, antwortete der Vater, dass das kein Problem sei: Und außerdem besäßen sie ja eine kleine Wohnung in Reykjavík, und wenn der Vertrag mit dem gegenwärtigen Mieter ausgelaufen sei, könne er dort einziehen.

Stella hatte Hákons Wegzug sehr zugesetzt, und ohne ihn war sie wirklich allein. Auch alle anderen Mädchen von Höfn und seine Nachbarin hatten insgeheim unter seiner Abwesenheit gelitten.

Seit dem Tag, an dem Hákon in der Hauptstadt eingetroffen war, waren alle Frauen, die ihm begegneten – und sei es auch nur für einen Augenblick –, von ihm fasziniert. Am Anfang kannten sie seinen Namen nicht, und auf ihren Partys nannten sie ihn »*sætasti strákurinn á ballinu*«.

Sein Gesicht war bartlos, und seine Züge hatten viel Weibliches. Es war, als würde seine Schönheit ständig sprechen, ja schreien: damit alle sie wahrnehmen konnten, mit den Augen, mit dem Geist und schließlich auch mit dem Geruchssinn – so angenehm war sein Körpergeruch. Ein charakteristischer Geruch, wie der eines wilden, aber reinen Tieres. Die Frauen waren immer begeistert von der unnatürlichen Transparenz seiner starren und gespenstischen Augen, die an die mancher Wölfe erinnerten. Sie betrachteten ihn schweigend. Es war, als würden jedes Mal, wenn er aus dem Schwimmbad stieg, nachdem er lange geschwommen war, alle Blicke wie magnetisch von seinem Körper angezogen, der dem einer griechischen Statue glich: vor allem seine glatte und unbehaarte Brust und die Muskeln, die sich, unter der straffen Haut seines Unterleibs verborgen, deutlich abzeichneten.

Einmal, als er noch ein Kind war, hatten sein Vater und seine Mutter ihn zusammen mit Stella nach Akureyri mitgenommen. Die Frau an der Rezeption des Hotels war sich über das Geschlecht beider im Zweifel gewesen und hatte, an die Eltern gewandt, ganz spontan gefragt: »Sind das zwei Jungen oder zwei Mädchen?«

»Prinz Sissi« nannte seine Mutter ihn immer, wenn sie sich nicht nur über seine Verweichlichung lustig machen wollte, sondern auch über seinen Namen, der auf Isländisch so viel wie »König« bedeutet.

Dann war Hákon gewachsen, und seine Männlichkeit war deutlicher zutage getreten: Man konnte sie seinem Körper ansehen, aber vor allem an der Art bemerken, wie er ging, und auch in der Art und Weise, wie er – zum Beispiel – manchmal rauchte oder vielleicht den Papierkorb leerte, stellte er eine ausgeprägte Männlichkeit zur Schau.

Vielleicht war es diesem einzigartigen Kontrast zu

verdanken, dass Hákon sofort zum Symbol von Schönheit und Verführung wurde und dass fast alle Mädchen von Höfn mindestens einmal das Bett mit ihm teilten.

Die Erste war seine Nachbarin gewesen, eine schon reifere Frau, die eines Abends – da ihr ein Ei für den Kuchen fehlte – an der Tür nebenan geklopft hatte: Hákon hatte geöffnet und sie aufgefordert, ihm in die Küche zu folgen. Sogleich bemerkte diese Frau – deren Mann hässlich geworden war –, dass Hákon schon ein junger Mann war. Und während er nachsah, ob im Kühlschrank noch ein paar Eier übrig waren, hatte sie sich ihm genähert und ihm – obwohl sie wusste, dass Hákon erst sechzehn Jahre war – entschlossen eine Hand in die Hose geschoben. Er hatte sie sofort angelächelt und sich in den darauffolgenden Stunden dabei amüsiert, mit ihr zusammen viele Aspekte der Intimität zu entdecken, die ihm noch unbekannt waren.

Von jenem Tag an maß Hákon seinem eigenen Körper eine so große Bedeutung bei, dass er ihn schließlich zum Dreh- und Angelpunkt seiner Existenz machte – eine Obsession, die ihm fortwährend Befriedigung verschaffte.

In jenen Jahren war er sehr glücklich, und er wuchs in ständiger Nabelschau heran. Einen einzigen Kummer hatte dieser bildschöne isländische Junge: Das waren seine Nägel, an denen er immerzu knabberte: bis er die Haut zerstörte, in die sie eingebettet waren. Sobald der Schaden angerichtet war, betrachtete er ihn mit Bedauern: Auch als er langsam größer wurde, bis er schließlich glaubte, dass er niemals davon geheilt würde. Er hatte alles auf seine Nägel getan: sogar eine schwarze, widerliche Pomade, die seine Tante ihm von den Færøer-Inseln geschickt hatte: Aber es war nichts zu machen gewesen.

Der Arzt von Höfn hatte sich in dieser Hinsicht unmissverständlich geäußert: »Medikamente helfen da nichts«, hatte er zu ihm gesagt, »du hast andere Probleme: im Kopf.«

Da hatte Hákon geantwortet, dass das nicht wahr sei: dass er glücklich sei so und dass es doch eine Medizin geben müsse, die ihn heilen könne.

Aber der Arzt hatte ihm lachend geantwortet: »Hákon Pétursson, wenn du könntest, würdest du auch deine Fußnägel kauen.«

Auch an der Bushaltestelle von Hlemmur kaut Hákon an diesem Morgen die Nägel weit herunter, und während er das verstohlen tut, kommt ihm ein Alter entgegen und winkt mit einer Ausgabe des *Morgunbladid*. »Hákon Pétursson: Wer hat, dem wird gegeben, oder stimmt das vielleicht nicht?«

Er versteht diese Ironie nicht und will schon weggehen, als er plötzlich den Drang zu urinieren verspürt. Da betritt er die elenden Toiletten des Reykjavíker Busbahnhofs. Die Türen blinken grellgelb, weil die Neonröhre kurz vor dem Durchbrennen ist.

Hákon geht dieses hysterische Licht auf die Nerven, ja, er versucht, schnell zu urinieren, und wie üblich macht er es geräuschvoll.

Dann beschließt er, sich die Hände zu waschen. Genau in diesem Moment geschieht etwas Sonderbares. Einige Minuten bevor Hákon und seine Schwester am Busbahnhof angelangt waren, war ein Mann mit starkem Nasenbluten in den Waschraum getreten. Deshalb war das Waschbecken jetzt überall voll von seinem Blut.

Hákon sieht es: Jetzt steht er regungslos da. Er sieht zu, wie dieses schreckliche Blut gerinnt, und ihm wird plötzlich sehr kalt: Er merkt, dass er Angst hat. Dann stößt er die Tür auf und flieht. Obwohl die Straße mit Eis bedeckt und es noch nicht sehr hell ist, rennt Hákon. Er rennt verzweifelt, bis er ausrutscht und unglücklich aufs Eis fällt. Der Albtraum kehrt zurück.

Er sieht ihn vor seinem geistigen Auge ablaufen. Es ist ein grauenhafter Albtraum.

Eine Badewanne voller Blut, und in dieser Wanne liegt er, tot.

»Ich werde niemals Selbstmord begehen«, denkt Hákon, während er die Innenseite seiner noch unversehrten Handgelenke betrachtet.

Das denkt er öfter und ist schließlich davon überzeugt.

(…)

Jetzt sitzt Hákon im Café gegenüber von seinem Haus. Es ist schon fast Mittag, doch die Sonne ist immer noch nicht aufgegangen. Die Angst hat sich ein wenig gelegt, und sein Magen sehnt sich nach einem warmen und nahrhaften Getränk. Hákon verlangt es von seinem Platz aus: Der Kellner erkennt seine Stimme und geht mit einer Ausgabe des *Morgunbladid* auf ihn zu.

»Hast du schon gesehen, Hákon?«, sagt er zu ihm. »Dein hübsches Gesicht ist in der Zeitung!«

»Ein Foto von mir?«, fragt er.

»Ja, lies selbst.«

Und in diesem Augenblick erfährt Hákon, dass er ausgelost wurde, um dem letzten Konzert von Alexander Norberg beizuwohnen. »Na, so etwas!«, sagt er gleich zu seinem Freund, dem Wirt. »Heute Nacht habe ich geträumt, ich würde sterben, und jetzt das. Da sieh mal einer an …«

Jetzt, da die Angst sich verflüchtigt hat, freut sich Hákon wieder über sein Glück und die Tatsache, dass das Schicksal ihn bevorzugt hat. Er denkt an das Konzert und auch daran, dass er tatsächlich überhaupt nichts über das *Stabat Mater* weiß. Dann geht er in das Schallplattengeschäft und sucht nach »Pergolesi«.

Der Verkäufer sieht ihn ungeduldig stöbern und sagt zu ihm: »Wenn du das *Stabat Mater* suchst, bist du zu spät dran. Ich hatte vier verschiedene Versionen davon, und ich habe sie alle verkauft, ganz zu schweigen von den Dutzenden Kunden, die es bestellt haben.«

Hákon ist enttäuscht. Der Verkäufer merkt es und schlägt ihm eine Alternative vor: »Auf jeden Fall haben wir, wenn du möchtest, das *Stabat Mater* von Vivaldi, das von Scarlatti und auch das von Rossini: Sie sind sehr schön, weißt du – du solltest sie dir anhören.«

»Also, ich weiß nicht … Okay, gib mir diesen Rossini: Nein, gib mir alle drei«, sagt er, überzeugt, eine hervorragende Entscheidung getroffen zu haben: Aber er irrt sich und geht mit lauter falschen *Stabat Mater* nach Hause.

2

In den beiden vergangenen Jahren war Rebecca mit wachsender Begeisterung in Budapest gewesen, und sobald sie sich von Alexander hatte engagieren lassen, war sie dorthin zurückgekehrt, um Pergolesis Partitur von Grund auf zu studieren.

Ihr Sohn – der Junge, den sie während der Premiere von *Arabella* adoptiert hatte – war in der Zwischenzeit bei ihr eingezogen und hatte, bettelarm, wie er war, plötzlich festgestellt, dass er mit einem Schlag wohlhabend geworden war.

Er war sehr erstaunt gewesen, Rebecca neben sich auf dem Emporenplatz in der Oper wiederzusehen, an jenem Abend, an dem sie sich zum ersten Mal begegnet waren: Aber sie hatte es verstanden, ihn aus seiner Verlegenheit zu befreien und ihn mit Ironie und Großherzigkeit zu erobern. Nach dem Ende der Oper hatte sie ihn dann zum Abendessen in ein Lokal im Zentrum eingeladen, und nachdem sie erfahren hatte, dass er ein Zimmer mit anderen teilte, hatte sie ihm Gastfreundschaft in ihrer Wohnung im Palais Gresham angeboten. Er hatte sie ungläubig angesehen.

»Die Wohnung ist groß«, hatte Rebecca hinzugefügt, »und außerdem ist es besser, dass jemand darin wohnt, während ich in der Schweiz bin: Ich habe immer Angst, alles unbewacht zurückzulassen: Die Bilder – weißt du – hat der *Architectural Digest* fotografiert: So ist bekannt geworden, dass Guido Renis *San Giovanni Battista* dort hängt. Kurzum, wenn du zur Bewachung dortbleiben würdest, könnte ich dir ein kleines Gehalt geben. Ich weiß nicht … sieh sie dir mal an …«

Arm, wie er war, hatte der Junge das Angebot begeistert angenommen.

»Aber wir gehen doch wieder in die Oper?«, hatte er vorsichtig nachgefragt. Und sie hatte ihm geantwortet, dass sie in die Oper gehen würden, wann immer er es wollte.

Rebecca kümmerte sich sehr um ihren soeben adoptierten Sohn, unterhielt sich lange mit ihm, kaufte ihm Kleider, Schuhe und auch einen langen Schal aus weißer Wolle. Die Familie des Jungen existierte fast schon nicht mehr: Nur der Vater blieb in seinem Leben, der ihm, da er in der nahe gelegenen Stadt Tata eine billige Pension betrieb, die Violinstunden am Konservatorium bezahlen konnte.

Sie leisteten einander unbeschwerte Gesellschaft.

Sicher, in der Schweiz wäre eine solche Situation unmöglich gewesen: Die Presse hätte mit krankhafter Boshaftigkeit darüber berichtet. In Budapest dagegen blieb alles geheim.

Während der beiden Wochen, die sie in Gesellschaft ihres Sohnes verbrachte, studierte Rebecca, obwohl sie es auswendig kannte, erneut das *Stabat Mater* ein, und zwar mit Demut: Sie entdeckte es wieder und staunte, zu welcher Zartheit und Rätselhaftigkeit Pergolesi fähig gewesen war.

Sie übte sich insbesondere in der Aussprache des Lateinischen, indem sie versuchte, auch den leisesten Anklang an das Französische zu tilgen und dafür zu sorgen, dass die einzelnen Worte präzise gesungen wurden.

»Darf ich auch zum Konzert kommen?«, hatte ihr Sohn sie gefragt.

Aber sie hatte geantwortet, dass das nicht möglich sei, weil es in Bezug auf die Anzahl der Zuhörer sehr strenge Regeln gebe.

Tatsächlich mussten die beiden, als der 15. Januar gekommen war, voneinander Abschied nehmen.

(…)

»Es ist viel komplizierter, von Ungarn nach Island zu gelangen, als eine Reise um die Welt zu unternehmen«, schrieb Rebecca am Tag ihrer Ankunft in Reykjavík an ihren Sohn. Und in der Tat war ihre Reise anstrengend gewesen. Von Budapest hatte sie einen Zug nach Wien genommen und von dort einen Flug nach Kopenhagen. Im dänischen Flughafen musste sie lange warten, bis in der Nacht eine Maschine nach Island startete, wo Rebecca, übermüdet, um vier Uhr morgens landete. Dort wartete ein rotes Taxi auf sie: ein Lieferwagen, gelenkt von einem riesigen Mann, dem die Nackenhaare aus dem Kragen seines etwas ausgeleierten Pullovers heraussprossen und in die seines Backenbartes übergingen. Er war ein ruppiger Fahrer und nahm keinerlei Rücksicht auf Rebecca.

»Wissen Sie, wo wir hinfahren?«, fragte sie ihn.

»Zum Hotel Borg«, antwortete er kurz angebunden, öffnete die Heckklappe des Lieferwagens mit rüder Ritterlichkeit und machte nur eine Bewegung mit dem Kinn, um Rebecca zu bedeuten, dass sie hinten einsteigen konnte. Dann, nachdem er ihre vielen Koffer, die sie sehr schwer gefunden hatte, mühelos hochgehoben und neben sie auf die Ladefläche gestellt hatte, fuhr er los.

Jetzt saß Rebecca in diesem Lieferwagen mit einer unerklärlicherweise ausgeschalteten Heizung und starrte nervös auf die Fotografie der nackten Frau, die vom Rückspiegel herabhing.

Wäre sie in Lausanne gewesen – und ohne Gepäck –, hätte sie den Fahrer aufgefordert, sofort anzuhalten und sie aussteigen zu lassen. Aber es waren zehn Grad unter null, und auf beiden Seiten der Straße konnte Rebecca nur eine sich lang ausdehnende öde Fläche schwarzer Lava erkennen. Also verhielt sie sich still.

Sie, die das Barock wahnsinnig liebte und ihr ganzes Vermögen liebend gern gegen ein einziges Bild von Caravaggio getauscht hätte, fand sich schließlich in Reykjavík wieder, in einer Stadt mit weißen, roten und erbsengrünen Häusern: aus Blech.

Sie war wirklich am Ende ihrer Kräfte, als der Lieferwagen vor dem Hotel Borg stehen blieb. Das Hotel war schön: blau und golden. Ein hochgewachsener Mann nahm sie in Empfang und begleitete sie zu ihrem Zimmer, wo sie sich endlich schlafen legen konnte.

3

Madame Vanut hatte Mariette eindringlich ermahnt. Sie hatte der jungen Gouvernante gesagt, dass Marcel nun ganz in ihrer Obhut sei, und diese hatte ein wenig gerührt reagiert. Mariette war ein Mädchen, auf das man sich verlassen konnte, und sie stand seit Marcels Geburt in den Diensten der Familie Vanut.

Aber auch sonst wäre Madame Vanut niemals nach Island gereist: Es war dort zu kalt, und sie hätte sich, von schwacher Gesundheit, wie sie war, bestimmt eine Krankheit zugezogen. Tatsächlich hatte sie sich über Alexanders Entscheidung sehr gewundert.

Sie hatte zu ihm gesagt: »Maestro, es gibt doch so viele schöne Orte auf der Welt...« Und sie hatte den Satz unvollendet gelassen, um anzudeuten, dass New York und Monte Carlo Städte gewesen wären, die sich sicherlich mehr für ein Abschiedskonzert geeignet hätten.

Doch er hatte Island ausgewählt, weil ihm diese Insel, die so fern von allem war, ein äußerstes Gefühl von Reinheit und Freiheit vermittelte.

Außerdem war Reykjavík nicht so kalt, wie Madame Vanut glaubte: Moskau war eine kalte Stadt, Helsinki auch: Aber Reykjavík war von der Golfströmung umspült, und folglich waren seine Winter niemals allzu streng.

Am Flughafen von Florenz hatte es dieses Mal Tränen gegeben. Und auch Monsieur Vanut war ein wenig gerührt gewesen. Marcel jedoch war heiter geblieben: Schon seit einiger Zeit hatte er Gefallen daran gefunden, sich unabhängig zu fühlen, und war insgeheim froh, dass er für zwei Wochen nach Island reisen durfte. Endlich würde er die Pinguine und die Wale sehen und vielleicht auch ein paar Freundschaften schließen. Seine Mutter bemerkte besorgt die Ungerührtheit ihres Sohnes und sagte, an ihren Mann gewandt: »Er entgleitet uns.«

Aber Monsieur Vanut hatte sie getröstet und ihr gesagt, dass Mariette sich um Marcel kümmern werde und dass er im Grunde bereits verantwortungsbewusst und reif sei. Da hatte Madame Vanut ihn an den sattsam bekannten Vorfall in Paris erinnert und daran, wie sich Marcel aus dem Hotel geschlichen hatte und verschwunden war.

Und so hat sich die Sache an jenem Tag abgespielt:

Bereits seit einer Woche probte Marcel an der Opéra Garnier *The Turn of the Screw* mit der Kabaiwanska. Am Sonntag fanden keine Proben statt, und das Ehepaar Vanut hatte Zeit, die Museen zu besuchen. Marcel hatte sich kategorisch geweigert, zum x-ten Mal in den Louvre zu gehen, und darum gebeten, stattdessen im Hotel bleiben und sich die Videokassette von *Der Herr der Fliegen* ansehen zu dürfen.

Da die Familie Vanut in Paris wie immer im Hotel Meurice wohnte – einem großen Hotel von internationalem Standard und folglich sehr sicher –, kamen die Eltern zu dem Schluss, dass die Bitte ihres Sohnes erfüllt werden könnte. Und sie erlaubten ihm, auf seinem Zimmer zu bleiben und sich jenen Film anzusehen, den er unter den vielen ausgesucht hatte, die im Katalog aufgelistet waren und den Gästen zur Verfügung standen.

Kurz bevor sie die Suite verließ, legte ihm Madame Vanut eindringlich ans Herz: »Wenn du Hunger bekommst, mon petit, dann lass dir ein schönes Pfefferminzeis und ein Stück Heidelbeerkuchen aufs Zimmer bringen: Aber das Eis musst du langsam essen …«

Marcel, der es auch nicht ausstehen konnte, wenn seine Mutter selbst die kleinen Mahlzeiten zwischendurch für ihn auswählte, lächelte dieses Mal und ließ sie in dem Glauben, dass das Pfefferminzeis in Ordnung sei und dass auch der scheußliche Heidelbeerkuchen in Ordnung sei. Kaum aber waren seine Eltern gegangen, rief er beim Zimmerservice an und ließ sich einen riesigen Erdbeerbecher bringen. »Und unbedingt einen Haufen Schlagsahne dazu!«, stellte er klar.

Der Becher traf bald ein, und angesichts des schönen Wetters schlug der Kellner vor, ihn auf der Terrasse zu servieren, die auf die Jardins des Tuileries hinausging und insbesondere auf einen alten Vergnügungspark, in dessen Mitte unter allen Dingen die wunderschöne und fröhliche Drachenbahn hervorstach.

Marcel blickte, solange er mit seinen Erdbeeren beschäftigt war, auf diese bizarre Achterbahn in Gestalt eines Drachens, und dann, als er mit dem Essen fertig war, wusste er, dass er genau auf diesen Lindwurm klettern wollte: Und er dachte sich einen Plan aus. Er hängte die rote Karte mit der Aufschrift »Bitte nicht stören« an die Türklinke und verließ unauffällig die Suite, die er zusammen mit seinen Eltern bewohnte. Er nahm den Aufzug und gelangte, nachdem er mit klopfendem Herzen die Eingangshalle durchquert hatte, endlich ins Freie.

»*Au revoir, monsieur*«, sagte der Mann zu ihm, der weiße Handschuhe trug und ihm die Tür aufhielt.

»*Au revoir, monsieur*«, gab er wie ein Echo zurück, und sobald er wie ein Blitz über die Straße gesaust war, befand er sich zwischen den vielen Karussels und den tausend Kindern, die sich mit karamellisierten Äpfeln und Zuckerwatte die Bäuche vollschlugen.

Dann sah er die Drachenbahn. Artig trat er an den Mann an der Kasse heran, und während er ihm einen Fünfhundert-Franc-Schein hinstreckte, fragte er ihn: »Wie viele Fahrten darf ich dafür unternehmen?«

»Mein Junge, für dieses Geld kannst du bleiben, bis die Sonne untergeht.«

Und Marcel, der ihn beim Wort nahm, war sehr lange auf dem Drachen geblieben. Das plötzliche Nach-unten-Stürzen, die rasanten Kurven und die steilen Anstiege versetzten ihn in viel größere Euphorie als der Applaus, den das gerührte Publikum ihm nach Ende der Oper spendete.

Das Ehepaar Vanut war unterdessen etwas früher als geplant ins Hotel zurückgekehrt, und da sie ihr einziges Kind nicht dort antrafen, führten sie eine Tragödie auf. Sofort wurde die Polizei gerufen, und ausgerechnet während Madame Vanut, in Tränen aufgelöst, ihre Aussagen zu Protokoll gab, betrat Marcel – nicht ahnend, was für ein Chaos er heraufbeschworen hatte – das Hotel, einen großen Stiel mit blauer Zuckerwatte in der Hand.

Es kam zu homerischen Szenen, und zum ersten Mal verpasste Monsieur Vanut seinem Sohn in aller Öffentlichkeit eine Ohrfeige.

Im Zimmer dann sagte ihm seine Mutter ausführlich ihre Meinung über diesen Vorfall: »Was ist denn los mit dir, mon petit? So etwas hast du doch noch nie gemacht! Weißt du nicht, wie viele Kinder sich auf diesen gefährlichen Dingern schon wehgetan haben? Das sind Spiele für Flegel, und dann …, du, in so einer Drachenbahn … so ein Drache ist doch ein Wurm! Ekelt es dich nicht bei dem Gedanken, dich auf so was zu setzen?«

Marcel blieb stumm, während seine Mutter ihn in den Armen hielt. Dann gesellte sich auch der Vater hinzu. Eltern, die ihre Kinder ohrfeigen, machen sich selten bewusst, wie wirkungslos ihre versöhnend gemeinten Umarmungen verpuffen: Marcel jedenfalls verzieh ihnen nicht, und während er so zwischen ihnen eingezwängt war, verspürte er zum ersten Mal einen starken Drang nach Freiheit.

Eben über diesen Vorfall dachte Marcel nach, während das Flugzeug sich im Anflug auf Reykjavík befand: Nach einem über lange Zeit eintönigen Ausblick, der nichts weiter bot als ein einziges schwarzes Meer, konnte man endlich die Insel erahnen und ihre Umrisse aufgrund der vielen Lichter erkennen, die sich an der Küste entlang verdichteten.

4

Aus Alexander Norbergs Tagebuch

15. Januar – am Morgen

Das passiert nur in den Hotels, in diesen neuen und fremden Zimmern, dass man sich einbildet, das, was bisher geschehen ist, würde in Wirklichkeit nicht mehr zu uns gehören.

Neue Orte wie dieser stimmen die Seele optimistisch: Sie löschen die Vergangenheit aus dem Gedächtnis.

15. Januar – tief in der Nacht

Jetzt sind wirklich alle hier: Das hat mir der Nachtportier mitgeteilt. Vor einer Minute hat er angerufen und gesagt: »Auch Frau Lunardi ist eingetroffen.« Dann hat er lange geschwiegen. Aber warum hat er das getan? Es gab nichts hinzuzufügen. Dann habe ich ihn gebeten, mir ein paar Beutel Kamillentee zu bringen. »Es gibt hier Tee«, habe ich zu ihm gesagt, »es gibt ungefähr zehn verschiedene Sorten Früchtetee: Aber Kamille ist nicht dabei.« Ich habe das nur gesagt, um irgendetwas zu sagen: Sein inquisitorisches Schweigen hat mich geärgert.

Ich habe gerade aus dem beschlagenen Fenster geschaut: Diese Stadt ist dunkel, aber voller Farben. Die grünen Schatten, am Himmel, wirken wie Zauberfäden. Man nennt das Phänomen »Aurora borealis«. Die Japaner unternehmen weite Reisen, um diese Nacht ohne Dunkelheit und das ganze Grün der geheimnisvollen Morgendämmerung zu fotografieren. Dennoch erzählt mir nur die alte Domkirche von Gelassenheit: Nur sie passt perfekt zu meinem Stabat Mater.

Der Pfarrer hat mich gestern sehen wollen. Er wollte wissen, warum ich mir einen solchen Wahnsinn in den Kopf gesetzt hätte. »Warum?«, hat er gefragt. Und hat dann hinzugefügt: »Worauf wollen Sie hinaus?«

»Aber was soll diese Frage?«, habe ich ihm geantwortet. »Ich will auf gar nichts hinaus: Genau aus diesem Grund ziehe ich mich ja zurück.«

Die Antwort muss Eindruck auf ihn gemacht haben, denn der Pfarrer hat angefangen, über Island zu sprechen, also nicht mehr über mich.

Dieses neue Gesprächsthema habe ich sofort zu würdigen gewusst. Ich habe mir gesagt, dass der Pfarrer dabei war, sich von seiner Neugierde zu befreien. Aber ich muss freundlicher zu ihm sein. Der Pfarrer ist wichtig: Er ist es, der über die Kirche entscheidet, und seine Kirche ist für mein Stabat Mater *absolut unerlässlich.*

Später

Es ist ein Glück, dass wir uns in einer stolzen Stadt befinden. Ein solches Konzert, das mit der ganzen Welt nichts zu tun hat, kann nur an einem solchen Ort stattfinden.

Reykjavík – habe ich mir gesagt – gibt es nirgendwo sonst.

16. Januar – am Abend

Morgen beginnen die Proben. Zweiwöchige Proben.

Aber sie können alles verderben. Alles, was ich an Vollkommenem in meinem Kopf habe, können sie verderben: Deshalb muss ich ihnen genau erklären, was ich fühle. Ich muss es so anstellen, dass auch sie es fühlen.

Es ist überaus schwierig, dass ein Konzert wie dieses gelingt: Es ist fast unmöglich. Aber einer Sache bin ich mir sicher: Es wird keinen Beifall geben, am Ende. Das Publikum verdirbt immer alles dadurch, dass es klatscht, wenn die Musik noch nicht verklungen ist.

Es ist ein Glück, dass das Hotel Borg ruhig ist und dass die Flure des fünften Stocks ein bisschen triste und düster sind. Ich habe noch nie einen solchen Frieden erlebt. Ich fühle jetzt, wie mein Zimmer hier mich umhüllt: Es ist weich. Und es gibt viele Spiegel. Warum bloß steht das Radio auf dem Heizkörper?

Wenn ich die Vorhänge zuziehe und das Licht dimme, kommt es mir vor, als würde ich träumen. Aber ich will aus der Ferne diese kindliche Stadt betrachten – die im Schatten der übrigen Welt lebt. Ich will den künstlichen See ansehen und rechts das Kreuz der Apotheke.

Ich muss mir die Schuhe ausziehen: Das Parkett knarrt, aber ich brauche Stille. Für ein solches Stabat Mater *ist Stille einfach unerlässlich. Deshalb habe ich beschlossen, mir keine Musik anzuhören, sondern nur darauf zu lauschen, wie Pergolesis Noten in mir wachsen.*

Alle Komponisten haben sich irgendwann einmal mit dem Stabat Mater *konfrontiert gesehen, mit diesem Text, den*

Jacopone da Todi im Mittelalter verfasste, um vom Schmerz der Jungfrau Maria über den Tod ihres Sohnes zu erzählen. Alle haben ihn vertont, und auch die zeitgenössischen Komponisten versuchen sich nach wie vor an seinen Worten herzzerreißenden Schmerzes. Und doch hat Bach kein eigenes komponiert. Er ist in dieser Hinsicht überheblich gewesen: Er war zu dem Schluss gekommen, dass Pergolesis Stabat Mater *falsch sei, und er hat es korrigiert. Er hat es von Grund auf neu geschrieben: Und er hat es verdorben.*

Er, der immer der Größte von allen gewesen ist: Angesichts des Stabat Mater *hat er versagt. Weil das* Stabat Mater *kein Werk ist, mit dem man seine eigene Bravour unter Beweis stellen kann. Im Gegenteil, das* Stabat Mater *ist ein Werk, das Demut und Diskretion erheischt.*

5

(Ein Esszimmer in Skáldastígur, im Zentrum von Reykjavík. Es ist Mittag. Das Haus ist weiß und blau, voller grässlicher Spitzendeckchen. Der Nachtportier des Hotels Borg unterhält sich mit seiner Familie.)

PORTIER: »Schon gut, schon gut! Ich erzähle euch alles. Gleich. Lasst mich nur meinen Lachs zu Ende essen. Und außerdem: Ihr Frauen seid zu neugierig: Wisst ihr nicht, dass die Neugierde der Tod der Katze ist?«

(Er lacht über seinen Scherz, schiebt sich dann ein großes Stück Fisch in den Mund und kaut so schnell, als wollte er eiligst damit fertig werden.)

»Allerdings habe ich euch nicht viel zu berichten. Natürlich habe ich ein paar Neuigkeiten mehr auf Lager als die, die ihr im *Morgunbladid* gelesen habt. Ja, tatsächlich sind die Journalisten zu mir gekommen, um mich auszufragen. Aber ich habe den Mund gehalten: Ich bin ein seriöser Nachtportier, ich laufe doch nicht herum und plaudere Dinge über das Privatleben der Gäste aus!«

EHEFRAU *(beide Ellbogen auf den Tisch gestützt)*: »Aber wir sind deine Familie: Bei uns wirst du dich doch wohl nicht zieren, mein lieber Einar. Los! Erzähl uns was über den Maestro: Was für ein Zimmer hat er genommen? Ist er nett zu dir gewesen? Hat er dir ein Trinkgeld gegeben?«

TOCHTER *(plötzlich dazwischenfahrend)*: »Ich will etwas über den Jungen wissen: Stimmt es, dass er kastriert ist und eine Frau werden wird?«

EHEFRAU *(vorwurfsvoll die Stimme hebend)*: »Wer hat dir denn solche Schweinereien erzählt, du schamloses Ding?«

PORTIER *(glücklich darüber, dass er eine solche Spannung erzeugen konnte)*: »Genug, ihr beiden! Setzen wir uns aufs Sofa, dann erzähle ich euch alles.«

Einen Augenblick später, im Wohnzimmer.

PORTIER *(wieder das Wort ergreifend, mit einer gewissen Feierlichkeit)*: »Zunächst einmal: Sie sind nicht alle gleichzeitig angekommen. Der Maestro ist der Erste gewesen. Er hat gesagt, dass er das Zimmer im Turm haben wollte: Und er hat auch das Zimmer daneben genommen.

Dann ist der kleine Junge mit seiner Gouvernante gekommen: Ihnen habe ich zwei miteinander verbundene Zimmer gegeben. Schließlich ist als Letzte

die Sängerin eingetroffen: Ihr hättet sehen sollen, wie wütend sie war: ›Wer ist dieser Stoffel, den ihr mir zum Flughafen geschickt habt: Und mit einem Lieferwagen, der noch dazu rot war?!‹
Ich habe ihr gesagt, dass wir die Bestellung an die Taxizentrale von Keflavík weitergeben und dass wir keinerlei Einfluss darauf haben, welchen Wagen die dann auswählen. ›Ach du meine Güte!‹, hat sie geantwortet und dabei den Kopf geschüttelt.
Ihr habe ich das ganz weiße Zimmer gegeben: Das im neuen Trakt. Das wird sie ein bisschen beruhigen, habe ich mir gedacht.«

EHEFRAU UND TOCHTER *(gleichzeitig)*: »Ist sie wirklich so schön, wie alle behaupten?«

PORTIER: »Also, ich sage euch: Hässlich ist sie nicht. Auch wenn sie ein bisschen wie ein Gespenst wirkt: so ein Typ wie Gúdrun, die mit dem Blumenladen in der Austurstræti. Erinnert ihr euch an die?«

Seine Frau und seine Tochter nicken interessiert, dann fährt er fort: »Am merkwürdigsten von allen ist der Junge. Er wirkt wie ein Wesen aus einer anderen Zeit: eine Art kleiner Lord, wenn ihr wisst, was ich meine. Er hat mir zweitausend Kronen Trinkgeld gegeben. Aber er ist sehr von oben herab gewesen. Ihr hättet hören sollen, in welchem Ton er zu mir gesagt hat: ›Stell das Gepäck ruhig da ab …‹
Und außerdem gibt er Kommentare ab wie ein Erwachsener.

Im Lift hat er zu mir gesagt, dass Reykjavík ein seltsamer Ort ist und aussieht wie eine Stadt aus Legosteinen.
›Ich würde mich nicht wundern, auf der Straße Minnie Mouse oder Donald Duck zu begegnen‹, hat er am Ende gemeint. Und die Gouvernante hat über diesen Scherz gelacht.
Doch im Grunde hat er mir leid getan: so jung und schon so viele Verpflichtungen am Hals.«

Dann, sarkastisch an seine Tochter gewandt: »Nicht so wie du, mein Fräulein, die du vom Morgen bis zum Abend rein gar nichts machst!«

(Vorhang)

ZWEITER TEIL

1

Am Ende war Oscar doch nach Island gereist. Die Gründe für seine Entscheidung liegen teilweise im Dunkeln, und es ist sogar möglich, dass sie ihm selbst nicht völlig bewusst gewesen sind. Allerdings hatte er nur drei Monate nach Antritt seiner Stelle als Grüßer vom Dienst im Hotel Dorchester diese Tätigkeit aufgegeben, war zur Icelandair gegangen und hatte sich ein Ticket für den Flug nach Reykjavík gekauft.

Es kann kein Zweifel darüber bestehen, dass es sich um seine persönliche Entscheidung handelt. Aber ohne einem Irrtum zu verfallen, kann man behaupten, dass seiner Entscheidung einige ziemlich unklare Aspekte anhaften.

Warum ließ Oscar sein neues Leben in London hinter sich, um in der Absicht nach Island zu fliegen, einem Konzert beizuwohnen, zu dem er – höchstwahrscheinlich – keinen Zutritt erhalten würde? Es steht zu vermuten, dass der wahre Grund ein anderer war und dass sich Oscar aus dem Konzert als solchem nicht allzu viel machte.

Wenn man genau in sein Herz sah, konnte man

tatsächlich viele andere verborgene Motive erkennen, die ihn zu dieser Reise bewogen hatten. Vielleicht hatte er seinen Beschluss, Göteborg zu verlassen, bereut, und hatte es, abgeschreckt von London, seiner wahnsinnig langweiligen Arbeit im Hotel Dorchester – und auch von den aufgestapelten Hühnchen auf den Gehsteigen in seinem Stadtteil Peckham –, vorgezogen, irgendwo anders hin zu fliehen, statt nach Hause zurückzukehren und sich von seinem Vater sagen zu lassen: »Ich habe ja gewusst, dass du zurückkommen würdest: London ist eine Stadt für Leute mit einem dicken Fell.«

Die Langeweile, schließlich, hatte angefangen, an seinem Verstand zu zehren. Oscar, der nicht mehr wusste, wie er gegen sie ankämpfen konnte, hatte sich dadurch vor ihr gerettet, dass er unentwegt an Alexanders letztes Konzert dachte, bis dieses Konzert eine Obsession, ein Fluchtpunkt geworden war und es in seinem Kopf eine übertriebene Bedeutung annahm und seinen Wunsch, es zu besuchen, unbeirrbar steigerte. Letztendlich hatte er sich wie ein Don Quijote darauf versteift, dass es ihm gelingen würde, an dem Ereignis teilzunehmen, auch wenn sein Plan eigentlich undurchführbar war, denn die 52 Zuhörer sollten ja anhand des Telefonbuchs von Reykjavík ausgelost werden.

Von Anfang an verfolgte Oscar die Sache mit Alexander Norbergs letztem Konzert so, als würde sie ihn persönlich betreffen, und tatsächlich verließ er London am Tag vor Beginn der Proben und flog nach Island. Er reiste ab, ohne auch nur zu wissen, wie er es bewerkstelligen könnte, sich eine Eintrittskarte zu besorgen: Er hatte sich einfach eingeredet, dass es ihm gelingen würde, und das war alles. Diese Überzeugung war im Café des Hotels Dorchester so lange in ihm herangereift, bis sie als Motiv ausreichte, die Reise zu wagen.

Er traf also ohne einen bestimmten Plan in Island ein. Der Autobus am Flughafen brachte ihn bis zum Hauptplatz von Reykjavík, um den sich, unter anderem, das Parlament, die alte Domkirche und auch eine armselige Pension gruppieren: Dort klingelte Oscar und fragte nach einem Zimmer.

Es schneite jetzt schon seit vielen Tagen, aber Oscar war Schwede, und deshalb schreckte ihn dieser ganze Schnee, trotz seiner Massen, nicht ab. Was ihn dagegen erschreckte, das waren die Leichenmienen, denen er im engen Eingang der Pension begegnete. Und genau mit dem Bericht über diese vom Alkohol ruinierten Gesichter hat Oscar sein Tagebuch begonnen, ein eigenartiges und ungewöhnliches Tagebuch, in dem sich seine Gedanken ohne ein bestimmtes Motiv einfach aneinanderreihen.

16. Januar – am Abend

Wo bin ich? Wer sind sie: diese schrecklichen Gesichter, die alle gerötet sind von der Trunksucht?

Auch wenn alles sauber gewesen ist, ist alles schmutzig.

Die Treppen sind schmutzig.

Ich habe das Gepäck auf den Boden gestellt und bin sofort ausgegangen.

Ich sehe, rechts, die Kirche und, vor mir, das Hotel Borg. Wird der Maestro dort absteigen?

Jetzt gehe ich hinein und erkundige mich.

Aber der Portier wird mir nichts sagen. Die Hotelportiers sagen nie etwas über ihre Gäste. Niemals werden sie das tun.

Welches der Fenster ist wohl seines? Bestimmt ist es im obersten Stock. Vielleicht im Turm?

Wenn er jetzt dort erscheinen würde, könnte ich ihn sehen.

Ich will, dass er mich sieht.

Die Kirche ist leer und klein. Hier haben nur wenige Leute Platz: Es müsste Platz auch für mich sein.

Warum ist niemand auf der Straße unterwegs? Warum ist alles so still und leer?

Der Schnee fällt und hebt die Umrisse der Häuser hervor. Er sammelt sich auf allen Flächen. Auch auf den kleinsten Dingen: Und er überragt sie.

Das Postamt ist rot. Wenn ich weiter in die Ferne blicke, sehe ich das Meer und die weißen Tanks der Esso, die die Aussicht verschandeln.

Und ich sehe die grünen und weißen Berge, die über dem dunklen, aufgewühlten Meer aufragen.

Wenn ich nach rechts gehe, ist da ein Supermarkt mit einem grünen Schild und, etwas weiter, ein Buchladen, der auch Kalender mit Fotos von den Gletschern im Angebot hat.

Ich will keinen Kalender kaufen, also biege ich nach links ab.

Dort ist ein Platz. Er ist warm und eisfrei. Ja, die Kinder üben hier mit ihren Skateboards.

Ich gehe näher heran und frage sie, wer es am besten kann. Ich frage den Kleinsten auf Englisch, und er antwortet mir: »Mit dem sprichst du gerade.«

Aber die anderen sind anderer Meinung und wollen mir zeigen, wie geschickt sie sind.

Ich sehe ihnen zu und denke, dass sie alle so geschickt sind, wie ich es nicht bin.

Als ich in mein Zimmer zurückkehre, bin ich traurig.

Auch jetzt bin ich traurig, aber ich weiß nicht, warum.

16\. Januar – später

Die blauen Blumen auf diesen durchscheinenden Laken sind zu optimistisch.

Der Plastikbecher nicht. Der Becher ist nicht optimistisch.

Ich stelle ihn hier auf den Tisch – der auch mein Schreibtisch ist – und schaue ihn an.

Das Wasser ist trüb und stinkt nach Schwefel.

Ich musste denken: denken. Aber der Wecker im Plastikgehäuse unterbricht meine Konzentration. Er macht »tick, tack«.

Jetzt habe ich ihn in den Koffer, in die Tüte mit den Socken, getan. Aber ich höre dieses Geräusch noch immer: Es rückt gegen mich vor.

Der Mann an der Rezeption war dürr wie ein Skelett. Er hat gesagt, dass es unten einen Aufenthaltsraum gibt, in dem man lesen kann. Vielleicht gibt es dort keine Wecker, die ticken. Aber wenn ich erst die Treppen hinuntergehe, wird die Konzentration völlig verschwinden. Und ich muss doch nachdenken!

Ich muss eine Möglichkeit finden.

17. Januar – am Vormittag

Ich habe die Augen offen, und es ist dunkel. Es ist noch immer dunkel. Es spielt keine Rolle, dass es jetzt elf Uhr vormittags ist. Die Sonne hat sich offensichtlich irgendwo versteckt oder ist vielleicht gestorben.

Ich hätte hinuntergehen und frühstücken sollen, aber jetzt ist es zu spät. Man muss zwischen sieben und acht Uhr hinuntergehen. Das bedeutet, dass ich dieses bereits bezahlte Frühstück – bezahlt, weil es im Zimmerpreis enthalten ist – niemals werde einnehmen können. Ich kann nicht so früh aufwachen, wenn ich danach noch mit vielen Stunden Dunkelheit fertig werden muss.

17. Januar – am Nachmittag

Jetzt bereite ich ein Schild vor. Ich schreibe groß darauf, dass ich bereit bin, für eine Eintrittskarte alles zu machen, wirklich alles. Dann gehe ich hinaus, setze mich vor die Kirche und warte. Ich warte, dass der Maestro mich sieht und mit mir spricht. Ich werde es jeden Morgen tun, denn morgens sinkt das Thermometer fast nie unter null.

2

Jetzt schaut Marcel aus dem Fenster: Er trägt einen weißen Bademantel, der zu lang für ihn ist und den er über den blauen Teppichboden schleift, als wäre es der Umhang eines Kaisers. Er hat sich soeben geduscht: Seine Haare sind noch nass. Dem Wasser, das warm und ein bisschen trüb aus der breiten Brause fiel, entströmte ein starker Bergwerksgeruch. Marcel hat dieses Aroma ein Gefühl von Fremdheit vermittelt: Es hat seinen Geruchssinn daran erinnert, dass er nicht mehr in Siena ist, sondern sich jetzt in weiter Ferne befindet. Mariette ist unterdessen nach unten gelaufen, um nach einem Haartrockner zu fragen, weil im Badezimmer keiner zu finden war. Ein Glück, dass das Zimmer anständig geheizt ist.

In dieser Nacht hatte Marcel schöne Träume gehabt. Er hat von den Pinguinen und den Walen geträumt, und er hat auch davon geträumt, dass er Freundschaften schloss. Am Morgen, als Mariette ihm das Frühstück ans Bett gebracht hat, ist er ein wenig enttäuscht gewesen, weil er aus diesem so angenehmen Schlaf aussteigen musste. Dann hat sie ihn ein bisschen durch die weiche Steppdecke gekitzelt und gesagt: »Wach auf, mein Küken: Heute finden die Proben statt, und wir müssen in Bestform sein.« Und dann hat sie hinzugefügt: »Sobald du mit dem Frühstück fertig bist, gehen wir die Schwäne füttern.«

»Die Schwäne?«, wiederholt Marcel ungläubig – und noch ganz verschlafen.

»Ja, im Tjörnin, dem See gleich da hinten, da gibt es viele.«

Marcel war über Mariettes abenteuerlichen Vorschlag sehr überrascht, und er versetzte ihn schlagartig in gute Laune. Außerdem war das Frühstück besonders gut, bis auf den geräucherten Lachs: Den hat er gar nicht angerührt. Es war das erste Mal, dass man ihm, im Hotel, zum Frühstück Fisch servierte: Und hätte er ihn vor der heißen Schokolade mit Sahnehaube essen sollen oder danach?

(...)

Mariette ist soeben mit leeren Händen zurückgekehrt. »Und der Föhn?«, fragt Marcel sie weinerlich. »Tja ... Weißt du, dass er tatsächlich im Zimmer ist? Und rate mal, wo? In der Schreibtischschublade. Diese Isländer sind wirklich komische Leute!« Marcel lacht und lässt sich von Mariette liebevoll die glatten Haare föhnen. Ihr gefällt das sehr, es hat ihr immer gefallen. Schon als kleines Mädchen wollte sie Friseurin werden, aber es fehlte ihr das Talent, und deshalb hatte sie, als sie noch blutjung war, in den Dienst der Vanuts treten müssen.

»Hast du den Fisch gegessen?«, will Marcel von ihr wissen.

»Welchen Fisch?«

»Den, den sie mit dem Frühstück bringen: den Lachs.«

»Bist du denn verrückt?«, antwortet sie und verzieht angewidert das Gesicht.

Sobald seine Haare trocken sind, gibt es für Marcel kein Halten mehr: Er will die Schwäne sehen und läuft die Wendeltreppe des Hotels hinunter. Als er bemerkt, dass Mariette wegen ihres langen Rocks langsamer geht, ruft er ihr zu: »Willst du dich wohl beeilen? Am Schluss sind die Schwäne schon weg!« Und sie, die für diese kindliche Ungeduld schwärmt, macht größere Schritte und stolpert fast: »Die Eile ist eine schlechte Ratgeberin!«, sagt sie zu ihm und bedient sich dabei jener Volksweisheit, die die Wahrheit aus den Sprichwörtern und den Leitsätzen der Evangelien schöpft.

Da verlangsamt Marcel seine Schritte und bittet sie, mit sehr leiser Stimme, um Verzeihung.

(…)

Der Tjörnin ist fast ganz zugefroren. Nur in Ufernähe ist ein wenig Wasser geblieben, und dort drängen sich die Schwäne und viele andere Wasservögel zusammen. Marcel beobachtet verwundert dieses ganze Flügelschlagen und nähert sich langsam dem Ufer.

Er steckt die Hände in die Tasche, muss aber feststellen, dass er nichts bei sich hat, womit er sie füttern könnte. »Mariette: Wir haben das Brot vergessen!«, ruft er. Da zieht sie aus ihrer Tasche zwei Croissants hervor, reicht sie Marcel und erinnert ihn daran, dass die Eile wirklich eine schlechte Ratgeberin ist und dass dies der Beweis dafür sei. Ihm gefällt es überhaupt nicht, wenn seine Gouvernante so offenkundig recht hat, aber weil er die Croissants haben will, lächelt er sie an.

Jetzt geht er endlich auf die Schwäne zu und kann mit dem Füttern beginnen. Aber die Schwäne sind elegante Tiere und lassen es bei ihren Bewegungen an Geschwindigkeit fehlen: Und so gelingt es den Stockenten und allen anderen Wasservögeln, vor ihnen an das Futter heranzukommen. Marcel ärgert sich darüber und beschließt, es mit einem Trick zu versuchen: Er tritt ganz nah ans Ufer heran, und während er sich so weit wie möglich vorbeugt, streckt er dem schönsten Schwan seine Hand voller Krümel hin. Dieser, der anfänglich zögert, kommt endlich zu dem Schluss, dass er Marcel trauen kann und, seinen Hals der freundlichen Handfläche entgegenreckend, frisst er stilgerecht das, was ihm dargeboten wird.

Marcel spürt, wie der kalte, klebrige Schnabel ihm die Finger kitzelt, und denkt, dass das ein wunderschönes Gefühl ist und dass es ihm auch Schauer über den Rücken rieseln lässt.

Währenddessen vergnügen sich etwas weiter hinten, dort, wo der See zugefroren ist, die Kinder von Reykjavík und laufen in einem farbenfrohen Reigen aus roten Mützchen und bunten Handschuhen Schlittschuh.

Marcel beobachtet sie voller Neid und blickt dann Mariette an. Da seine Augen sanft und flehend schauen, ahnt sie, worum er sie bitten will.

»Du denkst doch wohl nicht im Ernst an so etwas?«

»Und warum nicht?«, antwortet er enttäuscht. »Warum dürfen das alle anderen Kinder, und ich nicht?«

3

»Im Winter ist Reykjavík eine fortwährende Stille, eine Nacht, die sich überallhin erstreckt und sich nach allen Seiten ausdehnt: Auch das Meer ist finster und leidet, gekräuselt von kurzen und schmerzhaften Wellen.« So hatte Rebecca an ihren Sohn geschrieben. Denn sie hatte diese kleine und kalte Stadt auf Anhieb gehasst. Nur das Hotel Borg war ihr vertraut vorgekommen, mit seiner Art-déco-Seele, seinen geräumigen weißen Zimmern und den Bädern mit den schwarzen Fliesen, die die Wände hochklettern, an denen überall Matisse-Reproduktionen hängen.

Tatsächlich wartete Rebecca, sobald die Proben beendet waren, ungeduldig darauf, sich auf ihr Zimmer zu flüchten. Sie schrieb Briefe – der Portier war schon dreimal heraufgekommen und hatte ihr immer neue Blätter gebracht, aber weiße, ohne Briefkopf –, sprach mit ihrem Agenten, bestellte sich Erdbeeren – die in Island so viel kosten wie Kaviar – aufs Zimmer und vor allem dachte sie nach. Sie dachte fast ununterbrochen an finstere Unwägbarkeiten.

Nur die Erinnerung an ihren Sohn schaffte es, sie

aufzuheitern und den Gedanken an das absurde Konzert zu verbannen, das Alexander sich gewünscht hatte (und wenn er das eines Tages bereuen würde?) und bei dem sie nun seine Komplizin geworden war. Die Proben waren außerdem ermüdend, lang. Alexander ließ dieselbe Passage hunderttausendmal wiederholen, weil es »so absolut nicht gut ist, es braucht mehr Weichheit – mehr Weichheit!« Darüber hinaus war es in der alten Domkirche – trotz der niedrigen Decke – kalt.

Darüber beschwerte sich der Junge, und zwar so sehr, dass der Pfarrer ihm einen kleinen Gasofen besorgt hatte, der jetzt versteckt unter dem Altar stand, weil Alexander – mit Blick darauf – behauptet hatte: »Man kann keine ernsthaften Proben durchführen, wenn einem ein Ofen im Weg herumsteht.« Deshalb hatte er nach einigem Gefeilsche durchgesetzt, dass er versteckt wurde.

Alexander war nervös, vielleicht erschrocken über die wenige Zeit, die ihm noch blieb. »Es wird schiefgehen«, sagte er in einem fort.

Aber Marcel sang perfekt und vermerkte auf der Partitur alles mit Rotstift: »*très bien*«, »*très vite*«, »*plus élégant et avec plus d'harmonie*« … Alexander bemühte sich, ihm gegenüber taktvoll zu sein, aber es gelang ihm nicht immer. Außerdem wollte der Kleine ständig auf die Toilette gehen. »Hat man dir nicht beigebracht, das Pipi zurückzuhalten?«, fragte ihn der Maestro jedes Mal, wenn die Proben aufgrund dieser Dringlichkeit unterbrochen werden mussten, und er fügte hinzu: »Was machen wir, wenn du während des Konzerts diesen Drang verspürst? Müssen wir dann das Ganze platzen lassen?«

(…)

An diesem Morgen will Rebecca nicht im Hotel frühstücken: Sie möchte lieber ausgehen, aber der penetrante Fischgeruch springt sie an. »Was stinkt da so?«, fragt sie einen Passanten und zieht sich ihren Schal vor das Gesicht. »Das ist der Fisch, der bei den Esso-Tanks getrocknet wird«, antwortet der Mann und setzt hinzu: »Wir nennen ihn den *Geruch des Geldes*, und es gefällt uns ganz gut, wenn der Wind ihn hin und wieder einmal in die Stadt trägt.«

Rebecca hört schon nicht mehr zu und geht auch nicht viel weiter. Sie biegt einfach um die Ecke und betritt das Café Ozio.

Sie verlangt einen Tisch vor dem breiten Fenster: Sie will die aneinandergereihten Häuser in der Lækjargata betrachten. Sie sind schön und unschuldig. Aus Holz und Blech gebaut. Auf den ältesten, schon hundertjährigen, ist oben in weithin gut sichtbaren Ziffern das mit Stolz genannte Baujahr abzulesen. Vor allem das schwarz-weiße mit dem ziegelroten Dach gefällt Rebecca sehr. In der Zwischenzeit trinkt sie das Wasser, mit Eis darin. Draußen ist es noch finster; der von schwarzen Wolken verschleierte Mond verschwindet fast völlig im Nebel.

Gestern sind aus Grönland die Bären auf Grímsey gelandet. Große Eisschollen waren mit den weißen Bären übers Meer getrieben und bis zu dieser kleinen Insel im äußersten Norden Islands gelangt. Rebecca hat die Geschichte in einer in Englisch gedruckten Ausgabe einer Lokalzeitung gelesen, und sie hat auch gelesen, dass auf Grímsey die Kinder Angst gehabt haben und dass die Mütter ihnen zur Aufheiterung Geschichten aus der *Sturla Saga* vorgelesen haben.

Auch sie hatte als Kind vor dem Einschlafen Angst gehabt, aber nicht vor Bären: Es waren andere Gespenster, die sie quälten.

Während sie wieder auf die Lækjargata hinausblickt, denkt Rebecca, dass sie jetzt keine Angst vor dem Leben mehr hat und dass höchstens der Tod sie beunruhigt.

Vor dem Café Ozio hat es einmal einen Fluss gegeben, oder genauer gesagt: einen Kanal. Rebecca hat das soeben von den Amerikanerinnen erfahren, die am Tisch neben ihr sitzen.

»Nicht einmal die Flüsse sind endgültig«, denkt sie, während die Kälte des Eises das Glas außen beschlagen lässt. Rebecca berührt diesen feuchten Schleier zerstreut mit den Fingern: Sie denkt immer noch an den Fluss, den es nicht mehr gibt. Sie hat Angst, dass das bald auch mit ihrer Stimme passieren kann. Draußen schneit es unterdessen, und der Wind wirbelt die weißen Flocken hoch und durcheinander, bis die Luft sich mit diesem Getümmel und der Kälte füllt. Und während die Laternen das gespenstische Dunkel mit ihrem trüben Licht beleuchten, denkt Rebecca, dass ihr Leben schnell vergeht und dass vielleicht nur noch wenig davon bleibt.

Dies sind die Gedanken, die die isländische Dunkelheit mit sich bringt: düstere, schmerzerfüllte Gedanken, schwer von wehmütigen Erinnerungen. Rebecca sieht sie schweigend vor ihren großen Augen vorüberdriften. Unterdessen kommt der Kellner mit dem Frühstück, und als er in ihren Augen Spuren von Tränen bemerkt, lächelt er sie an.

Jetzt hat Rebecca viele Farben vor Augen. Obwohl sie sie nicht ansieht, errät sie sie mit der Nase: hier das durchdringende Aroma der Orangen, dort der zugleich sonntägliche und weiche Geruch der Croissants und über allem und am eindringlichsten der tropische Duft des Kaffees.

»Dieses Wasser«, sagt Rebecca zum Kellner und zeigt auf das halb leere Glas, »nehmen Sie mit: Es ist eiskalt.«

Der junge Mann entschuldigt sich und erklärt, dass es in Island üblich ist, den Getränken Eis hinzuzufügen. Da sieht sie ihn verärgert an und ergänzt sarkastisch: »Und dieses Eis da draußen? Für dieses ganze Eis allenthalben, hat sich dafür je jemand entschuldigt?«

(…)

Rebecca ist eine komplizierte Frau, fast immer unzufrieden mit dem Wunderbaren, das ihr in ihrem Leben widerfahren ist. Sie wollte, dass alles perfekt verlief, aber die Perfektion gibt es im Leben der Menschen fast nie, und in den seltenen Fällen, in denen sie auftaucht, ist sie schrecklich und zerstört, bei einem Vergleich, alles Unvollkommene, das unausweichlich darauf folgt. Rebecca wusste das genau, deshalb hatte sie – auch noch vor Kurzem – einen Schmerz verspürt, als das Publikum des Opera House in London sich mit einer sehr unbritischen Ovation von den Sitzen erhoben hatte. Gewiss, sie hatte gelächelt: Sie hat sich angesichts der Begeisterung des Publikums mehrmals verneigt und mit verwunderten Gesten dem Mädchen gedankt, das von der Seite der Bühne auf sie zugekommen war und ihr einen Blumenstrauß überreicht hatte. Denn sie war in ihrem Inneren nicht zufrieden, wie sie gesungen hatte. Sie wusste, dass sie es in der Vergangenheit viele Male besser gemacht hatte und dass ihre Stimmkraft langsam dahinschwand.

Im Augenblick konnte nur sie das erkennen: Aber

bald würden auch die Kritiker an der Reihe sein, und selbst das Publikum, das sie heute feierte und ihr »Bravo!« zurief, würde sie irgendeines Tages ebenso laut ausbuhen.

Doch jetzt hatte ihr Aufenthalt in Reykjavík – die Tatsache, vierzehn Tage in Reykjavík sein zu müssen, gefangen in einem Hotelzimmer – alles viel komplizierter gemacht.

Während die Tage allmählich vergingen, näherte sich Rebecca in der Tat dem Ende ihrer Karriere und begann darüber nachzudenken, dass es wohl besser wäre, sich zurückzuziehen.

Sie wollte nicht so enden wie Maria Callas bei ihren letzten Auftritten in den siebziger Jahren. Gewiss, das Publikum hatte ihr applaudiert: Rebecca hatte vor den Opernhäusern geschlafen, um nur ja eine Eintrittskarte zu ergattern, doch die Stimme der »Göttlichen« war für immer dahin. Es gab sie nicht mehr.

Schon viele Jahre zuvor hatte die Callas mit dem wahren Singen aufgehört, abgelenkt, verhext von ihrer Liebe zu Aristoteles Onassis, einem griechischen Reeder und Sammler berühmter Frauen, der dem Zauber der Kunst gegenüber wenig empfänglich war.

Rebecca war bis nach Sapporo gereist, um ihrem letzten Konzert beizuwohnen. Damals war sie 24 Jahre alt gewesen und hatte in der achten Reihe gesessen.

Während der Pause hatte sie geweint und sich geschworen, dass sie sich niemals verlieben und keinem Mann je erlauben würde, ihre Stimme, ihr Leben und ihre Karriere zu zerstören.

»Ich werde nicht enden wie die Callas«, hatte sie sich während dieser in Japan verbrachten Tage viele Male vorgesagt, und an diesen Vorsatz musste sie wieder denken, als der Kellner des Café Ozio ihr das Frühstück brachte.

Der Satz über den Fluss, der früher hier floss und jetzt nicht mehr da war, hatte die Dinge kompliziert, hatte es ihr erschwert, über das Ende ihrer Karriere nachzudenken, es sich auch nur vorzustellen.

Tatsächlich hatte Rebecca den Kellner wenig später, als er wieder an ihren Tisch gekommen war, um die Rechnung zu bringen und die inzwischen halb leeren Teller ihres Frühstücks wegzuräumen, erneut angesprochen.

»Es hat einmal einen Fluss gegeben, der vor vielen Jahren hier vorbeigeflossen ist, nicht wahr? Einen Kanal, besser gesagt, oder so etwas Ähnliches.«

Doch der Kellner hatte ihr geantwortet, dass er über diesen Fluss nichts wisse: Er sei außerdem jung und habe sich nie mit der Geschichte von Reykjavík beschäftigt.

Diese Ignoranz im Hinblick auf eine so wichtige Sache hatte Rebecca gekränkt und sie noch melancholischer und unglücklicher gestimmt.

»Dann werde also auch ich vergessen werden«, hatte sie sich gesagt, als sie das Café verließ.

Und sie hatte die Tür wütend zugeschlagen, ohne eine Vorstellung davon, dass in nicht einmal einem Jahr weder sie als Sängerin noch das Café Ozio existieren würden.

4

Jetzt macht sich Hákon ausgehbereit. Es ist Samstag, und die jungen Leute von Reykjavík versammeln sich um Mitternacht im Zentrum, um den *Rúntur* zu machen, das heißt, sie klappern die Lokale der Stadt ab und tanzen so lange, bis sie vollkommen betrunken sind und sich kaum noch auf den Beinen halten können.

Hákon ist seit dem Tag, an dem er vor knapp zwei Jahren nach Reykjavík gekommen ist, zur Symbolfigur dieses *Rúntur* geworden. Seine Anwesenheit in einem neuen Lokal hatte tatsächlich dazu geführt, dass es in Mode kam, so wie seine ungewöhnlich lange Abwesenheit von einem Club, der bis dahin sehr beliebt gewesen war, dessen plötzliche Schließung zur Folge gehabt hatte. Man braucht sich also nicht zu wundern, dass Hákon am Eingang der Nachtlokale von Reykjavík niemals irgendetwas zahlt, aber die Gründe für seine Popularität sind schwierig auszumachen, und noch komplizierter ist es, zu begreifen, warum seine Altersgenossen einen so besonderen Spaß daran haben, ihn nachzuäffen. Wenn Hákon in Reykjavík geboren wäre,

wäre das wahrscheinlich nicht passiert. Denn dann hätten die Leute ihn aufwachsen sehen und auch seine Schwächen gekannt: sein Weinen in einem Augenblick kindlicher Verwirrung oder vielleicht infolge einer Prügelei in der Schule, bei der er unterlegen war. Doch Hákon war in dem Augenblick in Reykjavík eingetroffen, als seine Ausstrahlung den Höhepunkt erreicht hatte, und er hatte alle, die ihm begegneten, sofort in seinen Bann gezogen.

Nachdem er begonnen hatte, das Nachtleben der Stadt aufzumischen, hatten sich bald Heldengerüchte über ihn verbreitet und, von Mund zu Mund weitergegeben, außergewöhnliche Dimensionen angenommen.

So hieß es zum Beispiel, Hákon habe mit sehr vielen Mädchen geschlafen, ohne je eines unbefriedigt zu lassen. Es hieß auch, er habe mit verheirateten Frauen unbeabsichtigt bereits zwei Kinder gezeugt. Diese verheirateten Frauen hätten dann, um ihre Ehe zu retten, die Tatsache geheim gehalten und ihre Männer in dem Glauben gelassen, dass das Kind Frucht ihrer ehelichen Liebe und nicht der zu Hákon sei.

Junge Männer, die solche Geschichten hörten, vergötterten ihn, statt ihn zu beneiden, und erkoren ihn in Bezug auf einen ausschweifenden Lebenswandel zu ihrem Lehrmeister.

Seit dem Tag seiner Ankunft in Reykjavík hatten viele von ihnen angefangen, sich gegen den Volksglauben aufzulehnen, und sich an den Tischen die Zigaretten direkt an den Kerzenflammen angezündet. Und wenn dies einen Matrosen das Leben kosten würde, war es egal. Außerdem hatte Hákon verkündet, dass man von den abergläubischen Vorstellungen »nicht einmal weiß, ob sie wahr sind« und dass es »elegant ist, die Zigarette an der Kerze anzuzünden und man damit Stil demonstriert«.

Doch aufgrund der Tatsache, dass Hákon diese Angst aus den Köpfen der jungen Leute getilgt hatte, waren vor der Küste von Akranes zwei Fischerboote untergegangen, und in der polnischen Kolonie waren sechs Witwen und sieben Waisen zurückgeblieben.

Trotz Hákons Arroganz sehnten sich fast alle jungen Männer von Reykjavík danach, zum Kreis seiner vertrauten Freunde zu gehören und einer jener »Leporelli« zu werden, mit denen er sich umgab, um sich stark und mächtig zu fühlen.

Bisweilen, wenn er seine Jünger für ihre Unterwürfigkeit belohnen wollte, fand Hákon eine entsprechende Möglichkeit, und wenn jemand Schwierigkeiten mit den Türstehern hatte – etwa weil seine Schuhe für die Maßstäbe des Lokals nicht elegant genug waren oder weil ihm der übermäßige Alkoholgenuss allzu deutlich anzusehen war –, gelang es Hákon mit wenigen Worten, die Situation zu klären.

So kam es, dass er sich die Wertschätzung und das Vertrauen aller erwarb. Und alle brachten ihm in der Tat unentwegt etwas zu trinken: Es war ihm zur Gewohnheit geworden, in jeder Hand einen Bierkrug zu halten.

Außerdem teilte Hákon sein Bier mit seinen Freunden: Er war im Grunde großzügig, und diese Großzügigkeit war es, die ihn zu einer Symbolfigur machte, zusammen mit der Tatsache, dass er unempfindlich gegen die Kälte war und dass er, sommers wie winters, gewöhnt war, auf seiner nächtlichen Runde durch die Discos von Reykjavík nur Hosen zu tragen und mit nackter Brust herumzugehen, um allen seine perfekte körperliche Verfassung und vor allem das Kristallkreuzchen zu zeigen, das er sich direkt aus Paris hatte schicken lassen.

In der Stadt hatten sich Dutzende von Jungen eine Lungenentzündung geholt, weil sie ihn nachahmen wollten: Einer von ihnen erkrankte sogar so schwer, dass er sich nicht mehr erholen konnte. Hákon hatte ihn mehr als einmal im Krankenhaus von Fossvogur besucht: Doch dann, als sich der Zustand des Jungen verschlechtert hatte, ging er nicht mehr hin. Und er ging nicht einmal zu seiner Beerdigung: Er hatte Angst vor diesem Tod: Er fühlte, in der weiten Ferne seines eigenen Gewissens, dass zum Teil auch er daran schuld war.

Er, der von der entlegensten Küste Islands kam, wo die Kälte wirklich eisig ist, war davon überzeugt, dass fünf Grad unter null eine milde und akzeptable Temperatur sei. Er war wie ein Wikinger: Und er hatte niemals Angst.

Auch diese seine Unverfrorenheit gegenüber dem Schicksal kam sehr gut an und wurde für die jungen Leute der Stadt zu einem Vorbild, dem sie folgen wollten.

(…)

Jetzt ist schon Nacht. Hákon schaut aus dem Fenster und sieht, dass in der Laugavegur die Leute sich zu drängeln beginnen. Aber er bleibt im Haus. Es gefällt ihm, mit seinen Kräften hauszuhalten: Er will luzide und nüchtern erscheinen, wenn alle anderen schon müde und betrunken sind.

Da er Wert darauf legt, bei den Journalisten des *Morgunbladid* eine gute Figur zu machen – die ihn am Montag über das Konzert von Alexander Norberg interviewen werden –, und er im Plattengeschäft das *Stabat Mater* von Pergolesi nicht gefunden hat und ungeduldig auf das Eintreffen der neuen Lieferung wartet, hört er sich jetzt das *Stabat Mater* von Scarlatti an. Es wirkt auf ihn wie Kirchenmusik und flößt ihm ein wenig Angst ein. Da die Stimmen von seltsamer Klage erfüllt sind und Schmerz und Leiden ahnen lassen, möchte Hákon gern den Fluss der Musik unterbrechen: Stattdessen dreht er die Lautstärke auf. Er spürt, dass es in der Ferne, im tiefen Dunkel seines Gewissens, so etwas wie eine Öffnung, einen Lichtpunkt gibt.

»Wer weiß, wo diese Musik hinführt?«, fragt er sich.

Und er denkt auch, dass das *Stabat Mater* gefährlich ist und einem die Stimmung verdirbt.

Unterdessen schlägt die Uhr der Kathedrale zwei Uhr nachts, und er beginnt, sich zum Ausgehen fertig zu machen. Wie üblich legt er sich auf den Boden, um drei Sätze Liegestütze zu absolvieren, und als sein Bauch angespannt ist wie eine Trommel, zieht er sich an: Er schlüpft in eine Hose aus rotem, breit geripptem Cordsamt mit sehr tief sitzendem Bund und legt sich ein phosphoreszierendes Armband um das Handgelenk. Er richtet sich auch die Haare und geht, sobald er die silbernen Tennisschuhe angezogen hat, los zur Begegnung mit den vielen Möglichkeiten, die diese Nacht ihm bieten wird.

Zuerst betritt er das »22« in der Laugavegur, wo der härteste Rock gespielt wird.

Die jungen Leute, die in dieser Disco verkehren, lieben es, sich schwarz zu kleiden und sich auch die Nägel schwarz zu lackieren: Die Mädchen sehen aus wie Hexen und die Jungen wie Schattengewächse. Hákon liebt diese phantastischen Verkleidungen, aber nicht bei sich selbst. Er würde sich niemals so herrichten.

Wenn er vom Rock genug hat, geht er weg, und auf dem Weg in Richtung Postamt bemerkt er, dass sich vor dem Café Ozio viele Leute drängeln.

Hákon macht es einen Heidenspaß, sich an der Warteschlange vorbeizuzwängen, und auch heute Abend tut er dies: Er geht zur Tür und tritt einfach ein.

Das Café Ozio, tagsüber ein renommiertes Restaurant, verwandelt sich in der Nacht in ein unkonventionelles Lokal. Im Souterrain machen Drogen aller Art die Runde, darunter auch das brandneue »Oxam«: eine kleine Plastikampulle, deren schrecklich sauer schmeckender Inhalt unter die Zunge geträufelt wird.

Hákon liebt dieses Zeug sehr, weil es ihn chinesische Pagoden, Drachen und auch Samurai sehen lässt.

Auch heute geht er zu den Toiletten, öffnet eine Ampulle und schlürft sie mit geschlossenen Augen aus. Er lehnt den Kopf an die Wand, die in Wirklichkeit so etwas wie ein Zauberspiegel ist: Er kann nämlich sehen, was auf der Tanzfläche passiert, aber die Leute, die sich darauf befinden, können ihn nicht sehen.

Bei den Jungen gilt dieser Spiegel, der absichtlich neben den Klosetts angebracht ist, als beliebter Treffpunkt, wo sie obszöne Dinge trieben.

Hákon bleibt lange dort angelehnt und spürt bei geschlossenen Augen, dass ihm die Beine leicht werden. Fast hat es den Anschein, als wäre der Boden nicht mehr da. Unterdessen hat sich die Tanzfläche in ein Raumschiff verwandelt, und er, dessen Stirn vom Schweiß schon ganz kalt ist, ist sein Kapitän.

In diesem Augenblick betritt auch sein Freund Atli die Toiletten: Er ist in Begleitung eines etwas drallen Mädchens.

»Hákon!«, ruft er seinem Meister zu. Dann zeigt er auf eine der Klotüren und sagt zu ihm: »Komm mit! Die da teilen wir uns.«

Sie ist vollkommen betrunken, und eine dicke Träne, ganz schmierig vor Wimperntusche, rinnt ihr langsam über das pausbäckige Gesicht.

(…)

Heute ist Sonntag. Gerade ist der Morgen angebrochen, und es ist sehr merkwürdig, dass das Telefon läutet: Es ist nicht einmal acht Uhr.

Hákon schlägt die Augen auf und stellt einen Augenblick später fest, dass er nicht allein ist. Zwei Mädchen liegen in seinem Bett: Er zählt sie. Er flüstert: »Eine, zwei …«

»ZWEI? Das hat es noch nie gegeben!«, sagt er triumphierend zu sich und denkt, dass er das sofort in sein Tagebuch eintragen müsste, aber jetzt will er erst das Telefon abnehmen: Vielleicht ist ja seiner Schwester etwas Schlimmes zugestoßen. An der Ostküste Islands gibt es oft Lawinen. Als Kind hat er immer geträumt, dass er durch eine Lawine sterben müsste: Er träumte, dass die Lawine kam und alle unter sich begrub. Also geht er, obwohl er noch verschwollen ist vom Schlaf und vor Übelkeit, nackt, wie er sich aus dem Bett erhebt, und taumelnd zum Telefon und nimmt den Hörer ab.

»Hákon Pétursson«, meldet er sich barsch.

»Hm … Hallo, hier ist Nana. Erinnerst du dich? Wir

haben uns neulich abends im Schwimmbad kennengelernt.«

»Nana?«, brummt er. Dann fügt er sofort hinzu: »Ach, natürlich!«, noch ein bisschen verwirrt, und schiebt bissig nach: »Irre ich mich, oder haben wir noch nicht einmal acht Uhr in der Früh?«

Nana begreift, dass sie ihn aufgeweckt hat, und entschuldigt sich dafür, redet aber weiter.

»Du hast versprochen, dass wir uns wiedersehen würden. Warum frühstücken wir nicht zusammen heute Morgen: Weißt du, mein Mann ist gerade nach Ísafjörður gefahren, also …«

»Ich weiß nicht«, sagt er und reibt sich die Augen mit beiden Händen, den Telefonhörer gegen die Schulter gepresst.

»Es würde mich freuen«, insistiert Nana.

Hákon wird klar, dass ein solcher Frauenüberfluss selten vorkommt, und antwortet ihr, dass er in zwanzig Minuten bei ihr sein wird. Dann legt er auf und denkt, dass sich das soeben begonnene Jahr als interessant und voller Überraschungen erweist. Unterdessen tritt er ans Bett und betrachtet die beiden Mädchen: Die eine ist hübsch, die andere nicht.

»Schade, dass der Polaroidfilm aufgebraucht ist, sonst hätte ich ein Foto von *uns beiden zu dritt* nackt auf dem Bett gemacht!«, murmelt er und geht unter die Dusche. Nana gefällt ihm, sie hat ein exotisches Gesicht: Ihre Haare sind schwarz.

Er macht sich also in aller Eile fertig, und als er im Begriff ist wegzugehen, schaut er auf die Uhr und gleichzeitig auch auf die beiden Mädchen: Er wünscht sich, dass er sie nach seiner Rückkehr noch hier antreffen wird.

Im Übrigen befindet sich Nanas Haus gleich um die Ecke, und er wird sich beeilen.

5

Der siebte Tag der Proben ist gerade zu Ende, und Alexander steigt die Wendeltreppe des Hotels Borg hinauf. Sein Zimmer liegt im obersten Stock, in dem kleinen Turm, der sowohl auf den Platz als auch auf den See blickt. Während er die Treppe hinaufgeht, denkt Alexander, dass Island wunderschön ist und dass hier niemand vor irgendetwas Angst hat. Er dagegen hat viel Angst, vor allem davor, dass das Konzert in die Binsen gehen könnte: Jetzt steht alles auf der Kippe: Rebecca ist übelster Laune, Marcel ist übelster Laune, und alle sind sehr müde. Auch das Orchester ist rebellisch. Gestern, als er kurz vor den Proben in die Kirche gekommen ist, hat er den Cellisten neben dem Ofen angetroffen, wo er sein Instrument wärmte. »So geht es nicht weiter mit dieser ganzen Kälte. Das Cello braucht mindestens zwanzig Grad, damit es gut klingt«, hat er zu ihm gesagt.

»Und deshalb wärmen Sie es vor Beginn auf?«

»In der Tat, das tue ich, und diese Kälte bringt nichts. Auch die anderen Mitglieder des Orchesters denken so wie ich.«

»Aber ihr täuscht euch alle: Die Kälte ist notwendig, und dabei wird es bleiben müssen.« Und nachdem er das Gespräch mit dem Cellisten abrupt abgebrochen hatte, war er zum Pfarrer hinaufgegangen, um ihn zu fragen, wer die 52 Zuhörer seien, die ausgelost wurden, damit sie sein letztes Konzert besuchten. »Mehr oder weniger ganz gewöhnliche Leute: Es gibt Fischer darunter, Kaufleute, die Eigentümerin einer Art Imbissstube, einen Bankangestellten und sogar einen verlotterten Typen, der durch die Gegend zieht und die Frauen der Hauptstadt schwängert – was soll ich Ihnen mehr sagen? Das *Morgunbladid* interviewt jeden Tag drei oder vier von ihnen. Jeder zeigt sich begeistert, und auch diejenigen, die noch nie ein Konzert mit klassischer Musik besucht haben, gehen mit Leidenschaft an das *Stabat Mater* von Pergolesi heran.« Dann hatte der Pfarrer Alexander darauf hingewiesen, dass da schon seit vielen Tagen ein junger Schwede war, ein gewisser Oscar, der oft auf den Stufen der Kathedrale saß auf der Suche nach einer Eintrittskarte für das Konzert, in der Hand ein merkwürdiges Schild: Er scheine eisern entschlossen zu sein, und neuerdings seien auch das Fernsehen und sogar zwei Journalisten vom *Morgunbladid* an ihn herangetreten.

»Ja, ich habe ihn gesehen«, hatte Alexander geantwortet, »aber da können wir nichts machen.«

»Und wenn wir ihn im oberen Stockwerk verstecken würden? Dann könnte er wenigstens das *Stabat Mater* von oben hören: Er tut mir leid, da draußen in der Kälte. Und dann habe ich den Eindruck, dass er im

Kopf nicht ganz richtig ist: Ich habe öfter mit ihm gesprochen, wissen Sie – ich will nicht behaupten, dass er verrückt ist, aber dass bei ihm gewiss irgendetwas nicht ganz stimmt.«

»Ich glaube nicht, dass das eine gute Idee wäre, Herr Pfarrer, aber ich verspreche Ihnen, dass ich darüber nachdenken werde.« Und Alexander ist davongegangen, einfach so, ohne großes Mitgefühl zu äußern.

Doch dann war er, nach Beendigung der Proben, aus der Kirche herausgetreten und mit einer vom Pfarrer im Pfarrhaus zubereiteten Tasse heißen Kaffee auf Oscar zugegangen: »Du holst dir noch eine Erkältung, wenn du den ganzen Tag da draußen herumsitzt!«

»Ich bin Schwede«, hatte dieser ihm geantwortet. »Die Kälte schreckt mich nicht ab.« Und Alexander – der im Grunde auf diesen Jungen neugierig war und wissen wollte, warum er so beharrlich war – lud ihn zum Abendessen ins Hotel Borg ein.

(...)

Alexander und Oscar sitzen jetzt zusammen im Restaurant des Hotel Borg. Hier hatte an einem Abend, an den sich alle Isländer erinnern, Marlene Dietrich für die amerikanischen GIs getanzt. Oscar gefällt das Hotel Borg viel besser als das Dorchester. Es ist klein und schlicht und, vielleicht, auch menschlicher.

Er ist jetzt sehr aufgeregt, nicht nur, weil Alexander Norberg für ihn immer ein Mythos gewesen ist – ein wenig wie die Garbo für seinen Vater –, sondern hauptsächlich, weil er zu der Überzeugung gelangt ist, dass eine solche Einladung zum Abendessen große Überraschungen bereithalten könnte.

Und eben, als er intensiv an solche Möglichkeiten denkt, fragt ihn der Maestro mit Blick auf die vielen Gerichte, die auf der Speisekarte aufgelistet sind: »Hast du dir schon etwas ausgewählt?«

Schüchtern erwidert Oscar: »Kann ich die rohen Krebse in Zitronenmarinade haben?«

»Rohe Krebse?«, fragt Alexander.

»Maestro, auch Sie sind Schwede: Wieso kennen Sie marinierte Krebse nicht?«

»Mein Nachname lautet zwar so, aber meine Familie hat Schweden während des Krieges verlassen müssen. Ich bin in Berlin geboren. In Deutschland essen wir die Krebse nicht roh. Aber warum sollte man sie nicht einmal probieren?«

Kurz darauf kommt der Kellner zurück und serviert ihnen zwei eisgekühlte Becher, gefüllt mit rohen, in Zitrone marinierten Krebsen. Alexander gefällt der neue und weiche Geschmack, auch wenn er ihm ein wenig auf den – vor Kälte aufgesprungenen – Lippen brennt.

»Sag mir: Warum bist du hier?«, will er unvermittelt von Oscar wissen.

»Es gibt nicht nur einen Grund«, antwortet dieser mit noch vollem Mund und setzt hinzu: »Ich bin aus meiner Stadt geflüchtet und dann auch aus London: Ich habe mich unglücklich gefühlt, vom Leben gefangen. Jetzt aber weiß ich, dass ich mehr als alles andere Ihrem letzten Konzert beiwohnen will, und ich fühle, dass ich das Menschenmögliche tun muss, um das zu erreichen.

In London, vor einigen Monaten, als Sie die *Zweite Sinfonie* von Mahler dirigiert haben, bin ich außen vor geblieben. Ich habe mir das Konzert zusammen mit den Platzanweiserinnen im vierten Stock an einem kleinen Fernsehgerät mit Sechzehn-Zoll-Bildschirm angesehen. Ich habe einmal die Gelegenheit verpasst und werde sie nicht ein zweites Mal verpassen. Deshalb will ich es wenigstens versuchen.

Sehen Sie, Maestro: Es ist zu einfach, den Wünschen nachzutrauern, die sich nicht erfüllen, wenn man wenig unternommen hat, um sie wahr werden zu lassen. Ich bin nicht so: Ich glaube, dass das Leben wie ein Rätsel ist und dass man die Lösung immer finden kann. Ich glaube, dass das Schicksal nicht festgeschrieben ist, sondern dass wir es sind, die es mit unserer Willenskraft beeinflussen.

Freilich ist es bequem, sich dem Leben zu überlassen, ohne einem Weg zu folgen: Gescheiterte Existenzen, die nur darauf warten, dass die Sonne aufgeht – am Morgen – und dass sie dann wieder untergeht. Tag für Tag, auf die gleiche Weise.

Wie viele Leute – Maestro – lassen sich vom Leben treiben? Können Sie mir das sagen?

Wie viele Menschen unterwerfen sich jeden Tag den Beleidigungen des Schicksals, ohne dagegen aufzubegehren?

Sie denken bestimmt so wie ich: Warum hätten Sie sonst die Ernennung zum Chefdirigenten der Berliner Philharmoniker abgelehnt?

Sagen Sie mir: warum?«

»Das ist schwer zu erklären«, erwidert Alexander, einigermaßen erstaunt über die Entschlossenheit und Eindringlichkeit von Oscars Worten.

»Dann kennen also Sie, wie ich, nicht den genauen Grund dessen, was Sie tun: Und doch spüren Sie, dass Sie es tun müssen, und Sie fühlen es so stark, dass Sie das Schicksal und auch das Urteil der Leute herausfordern. Das Gleiche passiert mir, und je mehr Tage vergehen, desto mehr fühle ich, dass ich bei Ihrem Abschiedskonzert dabei sein muss, und basta.«

»Aber wie kann ich dich hereinlassen? Der Präsident kann nicht kommen, die Königin von England kann nicht kommen, weder der Papst noch der Sohn von Rebecca Lunardi …«

»Machen Sie sich keine Sorgen, Maestro. Es ist nicht richtig, wenn Sie sich meinetwegen quälen; und außerdem, warum? Es wird mir trotzdem gelingen, mir eine Eintrittskarte zu verschaffen: Vielleicht werden Sie mich in den vordersten Reihen sehen.«

»Und wie willst du das anstellen?«

»Das weiß ich noch nicht, aber auf das Plakat habe ich geschrieben, dass ich zu einem Austausch bereit bin, und ich hoffe, dass jemand mir ein Angebot machen wird.«

Alexander wundert sich noch einmal über Oscars Beharrlichkeit und denkt einen Moment daran, ihn hereinzulassen, vielleicht heimlich – wie der Pfarrer es vorgeschlagen hat. Aber ihm wird sofort klar, dass es ungerecht wäre, wenn man anfinge, Ausnahmen zu machen. Und als er sich vor der schäbigen Drehtür des Hotels von ihm verabschiedet hat, geht er in sein Zimmer zurück und denkt, dass die Welt voller merkwürdiger Menschen ist und dass zweifellos Oscar, er selbst, aber auch Rebecca und Marcel zu dieser Kategorie von Existenzen gehören.

6

(Dasselbe Esszimmer in Skáldastígur. Der Nachtportier des Hotels Borg sitzt mit seiner Frau am Tisch. Die Teller sind noch voll. In einem blauen Käfig rückt ein Papagei misstrauisch an einen regungslosen Artgenossen heran, den ein lokaler Handwerker aus Holz geschnitzt hat.)

PORTIER *(die Weinflasche zur Seite stellend, um das Gesicht seiner Frau besser sehen zu können, während er von Hákon spricht)*: »Ich schwöre dir, dass es so ist: Am Sonntag ist er ganz früh ins Hotel gekommen und hat mit Gunnar Ómarssons Frau gefrühstückt. Es hat den Anschein gehabt, als hätte er überhaupt nicht geschlafen. Die Kellnerin hat mir gesagt, dass er irgendwann die Hand der Frau ergriffen hat!«

EHEFRAU *(die sich öfter schon insgeheim gewünscht hat, mit Hákon zu schlafen)*: »Natürlich wird dieser Hákon Pétursson niemals müde. Wer weiß, wie er den Samstagabend verbracht hat? Und am Sonntagmorgen geht er schon wieder aufs Ganze.
Jetzt treibt er es also mit verheirateten Frauen.«

(Dann, unvermittelt das Gesprächsthema wechselnd): »Und die Sängerin? Erzähl mir etwas über die Sängerin.«

PORTIER: »Die ist immer traurig. Wenn die Proben zu Ende sind, schließt sie sich in ihr Zimmer ein, schreibt Briefe und telefoniert stundenlang mit Ungarn. Doch gestern hat sie mich gefragt, ob ich jemanden kennen würde, der Porträts anfertigt. ›Porträts?‹, habe ich zurückgefragt. Und dann habe ich sie zu Pétur Gautur geschickt.«

EHEFRAU *(verblüfft)*: »Aber ist Pétur Gautur nicht der, der nur Krüge und Zitronen malt?«

PORTIER: »Doch. Aber er kann auch Porträts malen, und er verkauft sie für viel Geld: mehr als zweihunderttausend Kronen, habe ich gehört. Diese Lunardi ist jedenfalls steinreich: Zweihunderttausend Kronen sind gar nichts für die. Stell dir vor, sie bestellt unentwegt Erdbeeren und immer wieder Erdbeeren, als wären das Kekse.«

EHEFRAU *(das Glas hebend, um mit dem Wort ›Akkurat‹ auf Rebeccas Vermögen anzustoßen)*: »Der Dirigent jedenfalls, dieser Norberg scheint mir noch reicher zu sein als sie. Ich habe im *Morgunbladid* gelesen, dass er eine halbe Million Pfund abgelehnt hat, die ihm die BBC für die Direktübertragung im Rundfunk angeboten hat. Kannst du dir das vorstellen? Er muss wirklich viel Geld haben, wenn eine halbe Million Pfund nichts für ihn sind: nichts!«

PORTIER *(dieses Mal mit gesenktem Blick)*: »Ja. Und es ist auch ein komischer Kauz: Weißt du, dass er sich nie die Nummer seines Zimmers merken kann? Ich habe zu ihm gesagt: ›Maestro, das ist leicht: Es ist die 515.‹ Aber er hat geantwortet, dass er sich schon mehrere tausend Noten merken muss, dass er sein ganzes Gedächtnis für das Konzert braucht und dass deshalb für den Rest nichts mehr übrig bleibt.«

EHEFRAU *(mit zärtlichem Stolz)*: »Wie gut, dass du da bist und ihn daran erinnern kannst!«

PORTIER *(das Gespräch fortsetzend, aber mit leiserer Stimme)*: »Wenn wir schon beim Maestro sind, weißt du, dass er mich gestern verblüfft hat? Er hat mit dem kleinen Schweden zu Abend gegessen: dem, der draußen vor der Kirche sitzt mit dem Schild und behauptet, dass er im Austausch gegen eine Eintrittskarte alles machen würde.«

EHEFRAU *(boshaft das Kinn hochreckend)*: »Vielleicht will er ihn sich ins Bett holen: Diese Künstler sind doch alle pervers.«

PORTIER *(vorwurfsvoll)*: »Bist du vielleicht gemein! Wenn es so gewesen wäre, hätte man sie zusammen aufs Zimmer gehen sehen, und außerdem war dieser Oscar am Morgen wieder mit seinem Schild da: Der Maestro dürfte ihm also nichts versprochen haben.«

EHEFRAU *(nachdenklich)*: »Ich weiß nicht: Diese Leute, die alles haben, wissen am Ende nicht mehr, wie sie das Glück finden. Seien wir froh, dass wir bis zum Hals in Schulden stecken!«

PORTIER *(sein angeschlagenes Glas hebend und seine Frau zum Toast auffordernd)*: »Dann also auf unsere Schulden: Und auf unser Glück!«

(Vorhang)

DRITTER TEIL

1

Je näher der Tag des Konzerts rückte, desto mehr Journalisten in aller Welt zürnten Alexander und kritisierten seine Entscheidung, sich zurückzuziehen und ein letztes Konzert in der alten Domkirche von Reykjavík zu geben für ein spärliches Publikum, das auf der Grundlage des Telefonbuchs ausgelost worden war. An der Debatte beteiligten sich Intellektuelle, Musiker, Philosophen und sogar einige berühmte Psychiater und versuchten, die Anomalien dieses Abschiedskonzerts zu analysieren: eines Konzerts, zu dem die Presse nicht zugelassen werden würde. Ihre Meinungen divergierten und widersprachen sich. So schrieb etwa Jean-Claude Brunel in *Le Monde*: »Die misanthropische Haltung Alexander Norbergs ist ein sicherer Beweis für seinen Hass auf das Publikum und folglich auf die ganze Gesellschaft. Mit diesem letzten Konzert tut er nichts anderes, als die Musik auf eine absolute und absichtlich unerreichbare Ebene zu stellen.« Noch höhnischer tönte Eduardo López-Venezuela in *El País*: »Alexander Norberg ist ein verspätet Pubertierender und sein vorzeitiger Abtritt von der Bühne nur ein plumper Trick, mit dem er allgemeines Aufsehen erregen will.«

Viel mehr Verständnis als ihre Kollegen vom Kontinent brachten jene isländischen Journalisten und Persönlichkeiten Alexander entgegen, die ihre Meinung im Feuilleton des *Morgunbladid* kundtaten.

Sie waren größtenteils davon überzeugt, dass Alexanders Entscheidung lobenswert sei und einem kindlichen Wunsch nach Reinheit entspringe, denn mit dem isländischen Schauplatz habe er einen Ort gesucht, der dem Rest der Welt fremd sei. So schrieb etwa Ólafur Einarsson: »Ein Konzert ohne Geld und – fast – ohne Publikum: ein Rätsel, eine Denkaufgabe.«

Kurzum, Alexanders Wunsch nach Freiheit wurde vom isländischen Volk respektiert, und deshalb fühlte er sich geehrt. Er wusste, dass auf dieser fernen Insel die Vulgarität noch nicht Einzug gehalten hatte.

Das *Morgunbladid* brachte viele Nachrichten, die mit dem letzten Konzert des Maestro in Zusammenhang standen: Es war unglaublich, dass es so viele davon gab. So fanden sich darin zum Beispiel die Interviews mit jenen Leuten, die als Zuhörer des Konzerts ausgelost worden waren, sowie die Kommentare des Pfarrers über den Verlauf der Proben (die in Wirklichkeit im Geheimen hätten stattfinden sollen) und auch ganze Seiten, die gefüllt waren mit tiefschürfenden historischen Abhandlungen über Giovanni Battista Pergolesi und sein *Stabat Mater*. Diese Musik hörte man sich nun allerdings immer öfter ganz gezielt an.

Die kurzen Zeitungsmeldungen enthielten gewöhnlich weniger bedeutsame Informationen: Wie jene meteorologischen Angaben, die mit großer Verfrühung – und mit ebenso großer Ungenauigkeit – die Wetterlage für die Nacht des 31. Januar vorhersagten. Es gab Platz auch für die Astrologen, die den Lauf der Gestirne studierten und die Hypothese aufstellten, dass Alexanders Konzert ein Fiasko werden und »viele Noten falsch wiedergegeben« würden.

Am 26. Januar wurde vom Zweiten Programm des Fernsehens ein Dokumentarfilm ausgestrahlt, der über das Leben zu Pergolesis Zeiten berichtete: über die damaligen Sitten und Gebräuche, die Gesetze, die Strafen für die Verbrecher, ferner Geschichten über Burgen, Hexen und Zaubertränke. Schließlich wurde ein Koch vorgestellt, der, über eine Direktschaltung aus Süditalien, den Isländern – mit Hilfe von Untertiteln – erklärte, welches die typischen Speisen der damaligen Zeit waren. Es stellte sich heraus, dass der junge Pergolesi besonders versessen war auf eine charakteristische Süßigkeit, die »pastiera napoletana« hieß: ein weicher Kuchen aus Weizenmehl, Zucker und Ricotta.

Die Zeitungen in Island waren auch voll davon. Und alle lasen sie mit großer Wissbegierde. Eines der Interviews, das sehr aufmerksam gelesen wurde, war das mit Hákon Pétursson. Ihm – dem jungen Casanova von Island – hatte das *Morgunbladid* eine Doppelseite gewidmet mit einem großen Foto, das in der Mitte prangte. Hákon sagte, er sei über den Ausgang der Verlosung glücklich, und bekannte, dass er es sich – nun schon seit einigen Tagen – zur Gewohnheit gemacht habe, sich zur Einstimmung auf das Ereignis verschiedene *Stabat Mater* anzuhören. Die klassische Musik beginne ihm also zu gefallen, auch wenn sie – ich zitiere seine Worte – »manchmal langweilig und so monoton ist, dass sie einem Angst macht«.

Als der Portier des Hotels Borg das Interview mit Hákon für Alexander übersetzte, dachte dieser, dass Hákon genau *der* Vertreter eines Publikums sei, wie er es sich für sein *Stabat Mater* vorstellte: gewöhnliche, einfache Leute, ohne irgendeine musikalische Ausbildung, die also nicht gerüstet sind. Leute, die sich vor der Macht des *Stabat Mater* nackt und schutzlos wiederfinden würden.

Alexander sah alle diese vielen Nachrichten mit Staunen durch: Sie amüsierten ihn während der spannungsgeladenen Tage, an denen die Proben bald gut, bald schlecht und dann noch einmal gut verliefen. Seine Begeisterung wurde von Marcel, Rebecca und den Orchestermusikern nur selten wahrgenommen. Er war ihnen gegenüber fast nie ganz aufrichtig und oft brüsk. Er sagte: »Wann hat man schon je einen Cellisten so spielen sehen?«, oder, an Rebecca gewandt: »Versuchen wir, dem Orchester zu folgen, wenn wir singen, oder wollen wir unseren eigenen Kopf durchsetzen?«

Auf seine rhetorischen Fragen gab niemand eine Antwort. Doch da er fast immer recht hatte, wurde der Fehler dann korrigiert, und in der Interpretation des musikalischen Textes und durch das obsessive Üben wurden Fortschritte erzielt.

2

Jeden Morgen kauften in Reykjavík, aber auch in Grindavík, in Akureyri und in den abgelegensten Fjorden im Westen alle gespannt das *Morgunbladid*. Da sie bemerkt hatten, dass in den Tagen zuvor das Interesse an den Ereignissen gewachsen war, hatten die Besitzerinnen der Bäckerei mit Café von Ísafjörður auf den Tischen nicht weniger als drei Exemplare der Tageszeitung ausgelegt. Die Kunden blieben, sobald sie einmal ihr Brot gekauft hatten, im Laden, um die Nachrichten zu lesen. Sie taten das, um ein paar Kronen zu sparen, oder vielleicht weil die Bäckerei besser geheizt war als ihre Wohnungen, und voller Düfte, die ihnen ihre Kindheit ins Gedächtnis riefen.

Bald genügte ein einzelnes Exemplar der Zeitung nicht mehr, weil zu viele Leute sie lesen wollten. Von Stunde zu Stunde hatten ihre Seiten immer abgegriffenere Ecken, und es standen immer Ungeduldige an, die darauf warteten, an die Reihe zu kommen, und die sich unterdessen damit begnügten, verstohlene Blicke auf die augenfälligsten Überschriften zu werfen, in der Erwartung, dass der Lesende dann, wenn er über die

Neuigkeiten staunte, diese laut kommentieren würde. So entstand Unruhe, und auch diejenigen, die gerade Brot oder Süßigkeiten kauften, drehten sich um, um besser zu hören. Niemand konnte die Ausgabe des jeweiligen Tages allzu lange für sich behalten, ohne bei den Stammgästen Protest und Enttäuschung auszulösen, und aus diesem Grund hielt es Frau Ulla, die den Streitereien der Kunden ein Ende bereiten wollte – nach einer Diskussion mit ihrer Schwester –, für angebracht, drei Ausgaben der Zeitung zu erwerben, und nicht mehr nur eine einzige.

Ísafjörður ist eine mit Wind und eisiger Kälte gestrafte Stadt. Im Winter ist die Kälte so groß, dass die Leute so lange wie möglich in ihren Häusern bleiben.

Man fürchtet sich nicht vor der Dunkelheit, das nicht. Es ist die Angst vor den Lawinen, die bei den Menschen Sorge und Leid auslösen.

Der Nachricht von Alexanders letztem Konzert war es jedoch gelungen, die traurigen Gedanken aus den Köpfen zu vertreiben. Alle verfolgten jetzt in den Westfjorden Islands die mit Alexanders Konzert verbundenen Ereignisse mit höchster Aufmerksamkeit, fast so, als sollte das Ereignis in Ísafjörður stattfinden und nicht in der Hauptstadt – die eine Flugstunde oder, häufiger, wenn der Flughafen geschlossen wurde, acht Autobusstunden entfernt war.

Um die Wahrheit zu sagen, stammte einer der Ausgelosten ausgerechnet aus Ísafjörður. Sein Vater führte dort – und das tut er noch heute – eine Autowerkstatt.

Die Leute vom Ort hatten es sich aus Neid zur Gewohnheit gemacht, ihn zu boykottieren, und es hatte den Anschein, als hätte sich auch das Schicksal gegen ihn verschworen, denn in der Tat war seit mindestens zehn Tagen kein einziges Auto mehr reparaturbedürftig gewesen.

Der Mechaniker, der schon vor einigen Jahren die Verbindung zu seinem Sohn verloren hatte, war traurig über diesen Zustand der Entfremdung und hatte wieder angefangen, zu viel Wodka zu trinken. Jetzt stank auch sein Atem wieder.

Er kaufte gewöhnlich keine Zeitung. Die Kunden brachten ihm schon alte, damit er sie benutzte, um den Fußboden vor dem fetten und zähflüssigen Öl zu schützen, das aus den Autos tropfte.

An dem Tag jedoch, an dem das *Morgunbladid* das Interview mit seinem Sohn veröffentlichte und das Staunen des Zeitungsverkäufers erregte – der im Laufe der Jahre viele Kronen für die Arbeiten des Mechanikers ausgegeben, aber von diesem niemals etwas erhalten hatte –, zahlte er für den anderen die Zeitung.

In der bereits leeren Werkstatt las dieser Mann dann immer wieder den Artikel über seinen einzigen Sohn. So erfuhr er, dass dieser bald heiraten würde und dass er vor Kurzem eine Stelle bei einer Bank gefunden hatte.

Während der Mechaniker das Interview zum x-ten Male liest, hat in der Grundschule von Ísafjörður die Lehrerin ihrer Klasse soeben ein Aufsatzthema gestellt, und die Kinder sind gerade dabei, schweigend zu schreiben. Sie schreiben über Alexanders *Stabat Mater*. Einer der Schüler erklärt, dass das Konzert ein sehr wichtiges Ereignis für Island ist und dass nur die vom Glück begünstigten Personen daran teilnehmen dürfen. Ein anderer stellt fest, dass die Auslosung ungerecht gewesen ist: Tatsächlich steht kein Name eines Kindes im Telefonbuch. »Es werden keine Kinder dort sein«, schreibt er. Und ein wenig bedauert er das.

Die Mädchen dagegen interessieren sich hauptsächlich für Marcel: Sie stellen sich sein Leben vor, immer auf Reisen durch die Welt, um zu singen, und seine extravaganten Kleider, dicht besetzt mit Spitzen.

Auch sie hätten gern ein Leben, angefüllt mit Reisen und Aufregungen. Aber das Schicksal hat sie in den westlichen Fjorden Islands auf die Welt kommen lassen und folglich in einer kalten und dunklen Gegend – schreibt eine von ihnen –, in der die Träume fast niemals wahr werden.

3

Tagtäglich defilierten einige der für den Besuch von Alexanders Konzert Ausgelosten durch das Vorzimmer der Redaktion des *Morgunbladid*: Sie warteten gespannt, bis sie an die Reihe kamen, elegant gekleidet und mit vom Friseur hergerichteten Haaren, damit sie auf dem Foto gut aussahen.

Wenn der Journalist herunterkam, um sie zu empfangen, sprachen sie mit Ehrerbietung, vor allem, wenn er sie bat, ganz ehrlich oder zumindest schlüssig auf seine Fragen zu antworten. Alle sagten, sie fühlten sich vom Ausgang der Verlosung geehrt. Einige wenige, die die historische Begegnung zwischen Reagan und Gorbatschow vergessen hatten, fügten hinzu, dass in Reykjavík niemals zuvor ein Ereignis von so großer Tragweite stattgefunden habe und dass sie deshalb niemals ihre Eintrittskarte hergeben würden, auch nicht für sehr viel Geld. Das entsprach der Wahrheit.

In Island hat Geld nie einen besonderen Stellenwert gehabt. In der Schweiz hätten bestimmt alle ihre Karte verkauft und sich mit den Zehntausenden leicht verdienter Franken im Palace Hotel von Gstaad die Bäuche mit Hummer und Champagner vollgeschlagen. In Island dagegen behielt jeder lieber seine Karte für sich, vielleicht auch, weil der Hummer dort billig ist und weil niemand bei einem solchen Tausch der Erste sein wollte.

In Reykjavík haften Dinge, die in der Vergangenheit stattgefunden haben, lange im Gedächtnis, und niemand hätte in Erinnerung bleiben wollen als jemand, »der seine Eintrittskarte für das letzte Konzert von Maestro Norberg verkauft hat«. Diese Schuld wäre auch auf seine Kinder und vielleicht auf seine Kindeskinder übertragen worden.

Und dennoch fehlte es, wie man sich leicht vorstellen kann, nicht an Angeboten. Im *Morgunbladid* wimmelte es nur so davon.

Die vielen Inserate kamen aus der ganzen Welt: So verpflichtete sich der Baron von Mont Urpin, im Austausch gegen eine Eintrittskarte seine Villa mit Privatstrand auf der Île du Cheval für lange Zeit zur Verfügung zu stellen, während eine bejahrte Schauspielerin, die kein Geld mehr besaß, sondern nur noch ihren verblassten Ruhm, das Kleid anbot, das sie während der Dreharbeiten zu einem Oscar-gekrönten Film getragen hatte.

Aber keiner kam zum Ziel. Der Stolz des isländischen Volkes war zu groß, als dass er sich auch nur hätte ankratzen lassen, und so blieben die Eintrittskarten bei ihren rechtmäßigen Inhabern.

Als es dann keine Interviews mehr zu veröffentlichen gab und die Nachrichten seltener wurden – denn der

Pfarrer hatte aufgehört, gegen entsprechende Spenden für die Renovierung der Kirche Indiskretionen über die Proben auszuplaudern –, verlagerte sich das Interesse der Journalisten auf den schwedischen Jungen, der sich so eigensinnig auf die Suche nach einer Karte versteift hatte. Sein Gesicht wurde in vielen Staaten der Welt berühmt. Er wurde sogar vom *Independent*, vom *Figaro* und vom *Corriere della Sera* interviewt.

Die Nachricht verbreitete sich auch bis nach Göteborg und versetzte Oscars Eltern in Unruhe, die nicht wussten, wie sie sich verhalten sollten, und schließlich auf den Gedanken kamen, ihm ein Telegramm zu schicken.

Sie adressierten es an den Pfarrer der Domkirche. Sie schrieben: »Lieber Sohn, überlege dir gut, was du tust.« Und sie unterschrieben es mit: »Papa und Mama«.

Leider wurde das Telegramm wegen einer Fehlzustellung der Post niemals dort abgeliefert, aber das war nicht so wichtig: In Oscars Leben hätte sich überhaupt nichts geändert, wenn er es gelesen hätte.

Um die Wahrheit zu sagen: Der Blumenhändler machte sich große Sorgen um die körperliche Gesundheit seines Sohnes. Dieser Mann – der es gewöhnt war, sich um Blumen – und das heißt um Körper ohne Geist – zu kümmern, fürchtete mehr als jede andere Gefahr, dass sein Sohn sich eine Lungenentzündung zuziehen könnte. Nur deshalb war er besorgt.

(…)

Als die Journalisten Oscar interviewten, fragten sie ihn neugierig, was er denn im Austausch gegen die Eintrittskarte anbieten könne – da schon die Geldsummen, die Villen und die Frauen nicht ausgereicht hätten, irgendjemanden zu überzeugen. »Egal, was«, antwortete er. »Das steht doch auf dem Schild: Habt ihr es nicht gelesen?«

In Wirklichkeit glaubte Oscar, dass Alexander oder der Pfarrer sich erweichen lassen und im letzten Augenblick beschließen würden, ihn am Konzert teilnehmen zu lassen, dass sie ihn vielleicht verstecken würden. Im Übrigen war er keineswegs an einem Sitzplatz interessiert: Er würde sich das *Stabat Mater* auch im Stehen oder in einem Beichtstuhl versteckt anhören.

Doch entgegen seinen Erwartungen bekamen weder der Pfarrer noch Alexander Mitleid mit ihm. Es gab aber eine Frau, die alle in der Stadt für verrückt hielten und die, viele Jahre zuvor, einen der reichsten Männer der Hauptstadt geheiratet hatte. Aus dieser Verbindung war ein Kind hervorgegangen, das später bei einem Verkehrsunfall ums Leben gekommen war.

Die Frau, die als Zuhörerin bei Alexanders Konzert ausgelost worden war, litt an einer unbekannten Krankheit, die ihr die Lebensfreude genommen hatte. Der Tod ihres Sohnes war wie ein schwerer Vorhang aus schwarzem Samt gewesen, der plötzlich vor ihren Augen herabgefallen war. Sie würde Geld sicher nicht reizen: Sie war reich. Und es hätte ihr nicht einmal Freude gemacht, einen Urlaub auf der Île du Cheval zu verbringen. Oscar allerdings rührte sie, weil sie überzeugt war, in ihm das Abbild ihres Sohnes wiederzuerkennen. Jeden Tag, oder fast jeden Tag, kam sie vorbei und blieb vor ihm stehen, um ihn eindringlich zu betrachten, aber Oscar hatte Angst vor ihr: Er nahm ganz deutlich ihre Alkoholfahne wahr, und ihre riesigen Augen verstörten ihn. Sie spürte in sich den Wunsch reifen, ihm ihre Eintrittskarte zu schenken, konnte sich aber nicht dazu durchringen: Vielleicht erwartete sie nur ein Lächeln.

Aber Oscar lächelte sie niemals an.

Es ist seltsam, wie sehr eine so kleine Geste wie ein Lächeln über das Schicksal der größten Dinge entscheiden kann. Aber so ist das Leben nun einmal. Über die Hälfte gebietet der Zufall und über den Rest der Wille.

Unterdessen blieb Oscar, der Kälte und den mitleidigen Blicken der Leute ausgesetzt, auf der Treppe der alten Domkirche sitzen. Sein Geist hatte sich umnachtet, und es war, als wäre seine ganze Vergangenheit verschwunden: Schon erkannte er keine Spuren mehr davon. Einzig der Gedanke an das Konzert, der über alle anderen die Oberhand gewonnen hatte wie eine Krankheit, bestand fort und verfinsterte den Rest: Als wäre während jener Tage der Langeweile, die er im Café des Dorchester verbracht hatte, das Leben langsam aus ihm entwichen.

4

Am 29. Januar 2001 trafen sich Alexander, Marcel, Rebecca und die Mitglieder des Orchesters um zehn Uhr morgens in der alten Domkirche von Reykjavík. Obwohl das Konzert erst zwei Tage später stattfinden sollte, verkündete Alexander: »Dies ist die letzte Probe.«

Alle wunderten sich sehr und meinten, dass es leichtsinnig sei, die Proben einen Tag früher als vorgesehen beenden zu wollen. Nur Marcel freute sich insgeheim darüber.

Alexanders plötzliche Entscheidung führte zu Spannungen auch unter den Orchestermusikern, die jedoch bewirkten, dass sie sich sogar noch besser aufeinander einspielten. Die solchermaßen vorgezogene Generalprobe dauerte lange, ja, sie zog sich bis zum Abend hin, bis Alexander – offenkundig zufrieden – ausrief: »Heute haben wir zum ersten Mal das *Stabat Mater* so ausgeführt, wie Pergolesi es sich gewünscht hätte: Am besten, wir legen morgen einen Ruhetag ein.« Und er ging davon und ließ Rebecca mit vielen Fragen zurück, während Marcel sich freute, so unverhofft einen ganzen freien Tag gewonnen zu haben.

(…)

Jetzt ist es Nacht. Marcel unterhält sich am Telefon mit seinem Vater: »Papa, Papa«, sagt er zu ihm, »die Generalprobe ist bestens gelaufen: Der Maestro hat gesagt, dass ich sehr brav war, und hat sich bei mir bedankt.«

»Gut so!«, erwidert der Vater.

Da fährt Marcel fort: »Hör mal zu: Du weißt jetzt, dass ich gut gewesen bin, und dafür tust du mir einen Gefallen.«

»Und was wäre das für ein Gefallen?«

»Du erlaubst mir, auf dem Eis Schlittschuh zu laufen.«

Darauf folgt ein langes erwartungsvolles Schweigen, während Herr Vanut an die Angst denkt, die das Wort »Schlittschuhlaufen« in ihm auslöst, und an die Tatsache, dass das Wort »Eis« der Gefährlichkeit eine noch dramatischere Konnotation verleiht.

»Mein Kind, du verlangst etwas Unmögliches von mir: Du kannst es nicht richtig, und das wäre wirklich eine schöne Gelegenheit, dir die Beine zu brechen und das ganze Konzert zu vermasseln, glaubst du nicht?«

Daraufhin schaltet Marcel auf stur und sagt zu seinem Vater, dass das nicht gerecht sei: Die anderen Kinder machten immer alles, während er wirklich gar nichts dürfe.

Später, als Mariette ins Bett geht, liest Marcel immer noch im Reiseführer von Reykjavík. Fast auf den ersten Blick hat er erfahren, dass es unweit vom Zentrum der Stadt einen spektakulären Familienpark mit drei verschiedenen Schwimmbecken gibt, mit vielen Heißwassertümpeln und sogar einer Todesrutsche; und das wiederum ist eine riesige, sehr komplizierte Anlage, in die man sich begibt, um dann – nach einer ganz steilen Höllenfahrt – im Wasser des darunter liegenden großen Schwimmbeckens zu landen.

Marcel liest die Seite in einem Zug und erfährt unter anderem, dass dieses Spaßbad nicht überdacht ist. »Das ist wohl so ein Park, der nur im Sommer offen hat«, denkt er zunächst, aber beim Weiterlesen erfährt er, dass das Thermalwasser lauwarm ist und der Körper – auch dann, wenn die Luft eiskalt ist und wenn es schneit – warm bleiben kann. »Erklär das mal Papa«, sagt er sich resigniert und ist schon im Begriff, sich von der Vorstellung, die Todesrutsche hinabzuschießen, zu verabschieden, als ihm plötzlich ein Ausweg einfällt.

Und wenn er dieses eine Mal lügen und sagen würde, dass es sich um ein Hallenbad handelte? Ja, noch einfacher: Er würde Mariette bitten, ihn *ins Schwimmbad* zu begleiten, ohne deutlich zu machen, ob dieses Schwimmbad sich im Freien oder in einer Halle befindet: Sie würde im Bereich des Haupteingangs warten, ohne zu ahnen, dass diese irrsinnigen Isländer auch bei zehn Grad unter null im Freien baden.

Da die Generalprobe vorgezogen worden ist, gehen er und Mariette am nächsten Tag wieder die Schwäne füttern. Sie besuchen auch den kleinen Zoo der Stadt. Dort gibt es Tiere, wie sie auf den isländischen Bauernhöfen leben: Schweine, Kaninchen, Ziegen und auch eine riesige Kuh. Marcel streichelt ihr Maul, und sie schließt zum Dank ein wenig die Augen. Der Ziegenbock dagegen ist übel gelaunt, und wenn sich jemand seinem Käfig nähert, tritt er mit einem Mordslärm gegen die Stäbe. Marcel ist entzückt. Er meint, seit Jahren keinen so vergnüglichen Tag erlebt zu haben. Dies umso mehr, als sein Vater ihm bereits unerwartet die Erlaubnis gegeben hat, zum Schwimmen zu gehen. Und um fünf Uhr nachmittags nehmen er und Mariette tatsächlich ein Taxi und fahren hinaus zum Spaßbad von Laugardalslaug. Marcel ist es in diesem Augenblick durchaus bewusst, dass er das Risiko eingeht, sich eine Erkältung zu holen, aber er hat es satt, sich wie ein Gefangener zu fühlen, und außerdem ist die Todesrutsche etwas, was er sich wirklich nicht entgehen lassen darf.

(…)

Jetzt sitzt Mariette im Schwimmbad-Café: Sie wartet, bis Marcel mit dem Schwimmen fertig ist, und trinkt in der Zwischenzeit einen heißen Tee und liest einen Roman von Zola. Um die Wahrheit zu sagen: Sie liest nur scheinbar, denn aus den Augenwinkeln betrachtet sie verstohlen einen jungen Mann, der am Nebentisch sitzt.

Er bemerkt es, steht auf und spricht sie frech an: »Auch ich lese sehr gern Bücher über Fußballer.«

Mariette ist sprachlos, aber als sie bemerkt, dass er aus der Nähe noch schöner ist, als sie geglaubt hatte, lächelt sie ihn an.

»Ich heiße Hákon, Hákon Pétursson: und du?«

Marcel hat mittlerweile die Umkleideräume betreten, die riesig sind. Es ist kalt, aber er will die Todesrutsche ausprobieren und beißt die Zähne zusammen. Er faltet alle seine Sachen sorgfältig, legt sie in den Spind und geht, nachdem er seine Badehose angezogen hat, in den Duschraum, in dem es zum Glück warm und dampfig ist.

Marcel stellt überrascht fest, dass dort alle nackt sind, und plötzlich geraten die tausend möglichen Ausprägungen des Körpers in sein Blickfeld: Es gibt dünne und dicke Leute, schöne und hässliche Leute, und es gibt auch Leute, die weder schön noch hässlich sind. Schließlich gibt es auch noch diejenigen, die Pech gehabt haben: Einem Herrn fehlt zum Beispiel ein Arm, ein anderer hat einen riesigen Fleck, der sich am Bein entlangzieht, während ein noch ganz junger Kerl den Rücken voller roter Eiterbeulen hat. Marcel denkt, dass es wirklich ein Glück ist, den Körper zu haben, den er hat, und als er vor sich ein übergewichtiges Kind sieht, muss er Maman wirklich recht geben, weil sie immer zu ihm sagt, er solle nicht zuviel Nutella essen.

Unterdessen geht er auf die letzte Reihe der Duschen zu: Bei der weniger Leute stehen, und da er sich schämt, seinen Körper nackt zu zeigen, beschließt er, seine Badehose anzubehalten.

Die Dusche hat einen starken Strahl, und weil die Brause sehr hoch angebracht ist, klatscht ihm das Wasser schwer auf die Stirn. Marcel versucht verzweifelt, es zu mischen – denn es ist entweder zu kalt oder zu heiß –, als zwei Jungen, die nur etwas größer sind als er, zum Flüssigseifenspender gehen. Marcel sieht zu, wie sie sich eine Unmenge von Seife auf beide Handflächen laufen lassen und diese dann großzügig über die Arme verteilen. Es sieht aus, als würden sie sich waschen: Stattdessen spielen sie ein unglaublich lustiges Spiel. Denn sobald ihre Arme ordentlich eingeseift sind, strecken sie sie auf Schulterhöhe aus und schlingen sie ineinander. Dann beginnen sie, die Hände fest zusammengedrückt, ganz langsam die Unterarme auseinanderzuziehen, bis sich ein Seifenschleier bildet. Und dann blasen beide so kräftig darauf, dass zwei riesige Seifenblasen entstehen.

Marcel sieht diesem neuen Spiel verdutzt zu, und da er mitmachen will, beschließt er, sich bekannt zumachen.

»Hello: Ich bin Marcel und bin elf Jahre alt. Darf ich mit euch spielen?«, fragt er auf Englisch in der Hoffnung, dass sie mitbekommen, was er sagt. Und sie – die diese Sprache wie alle Isländer perfekt verstehen – schließen sofort Freundschaft mit ihm.

»Ich bin Gummi aus Grindavík und bin zwölf Jahre alt«, sagt der Erste und klopft sich mit der Handfläche gegen die Brust.

»Und ich bin Stefán und bin vierzehn«, sagt der andere – viel weniger ernst, ja mit einem Augenzwinkern.

Und sie beginnen, zu dritt, das Seifenblasenspiel. Marcel stellt sich am Anfang nicht so geschickt an, aber schließlich lernt auch er nach vielen Versuchen, riesengroße Seifenblasen zu erzeugen.

Gummi und Stefán beglückwünschen ihn, klatschen in die Hände und stellen plötzlich fest: »Aber weißt du denn nicht, dass du beim Duschen deine Badehose nicht anbehalten darfst? Bevor du ins Wasser steigst, musst du dich auch da unten gut mit Seife waschen: Hast du das Schild am Eingang nicht gelesen?«

Marcel schämt sich bei dem Gedanken, sich nackt zu zeigen, aber da er sieht, dass er tatsächlich der Einzige ist, dem das etwas ausmacht, zieht er sich die Hose schnell aus und spielt weiter. Doch er bemerkt, dass die Körper seiner beiden neuen Freunde ganz anders sind als sein eigener und dass sie schon groß sind. Vor allem Stefán besitzt alle Merkmale eines Erwachsenen, obwohl er noch die Gesichtszüge eines Kindes hat.

Marcel denkt sofort, dass er auch bald wachsen wird, und das bereitet ihm ein wenig Sorge: Er möchte Gummi und Stefán um Erklärungen bitten, aber sie drehen plötzlich die Dusche ab, und sobald sie wieder in ihre Badehosen geschlüpft sind, fordern sie ihn auf, ihnen zu folgen.

Wenige Augenblicke später sind sie im Freien. Der Badepark ist riesengroß, und gerade hat es angefangen zu schneien.

Über dem Wasser steigen breite Dampfschwaden auf, die der Wind bald fortträgt.

Marcel spürt, wie ihm die eisige Luft am Körper haftet und brennt. »Lauf!«, rufen ihm Gummi und Stefán zu. Und er rennt zum größten Schwimmbecken, auch wenn ihm die Füße wehtun, denn der Boden ist mit grobem Salz bestreut, damit die Badegäste nicht auf dem Eis ausrutschen.

Jetzt springt er geräuschvoll hinein. Das Wasser ist warm und lässt die beißende Kälte sofort vergessen.

Marcel treibt auf dem Rücken liegend im Wasser: Er sieht den Mond, der schon fast voll ist, und bemerkt, dass er von einem seltsamen Regenbogenring umgeben ist.

Gummi und Stefán beginnen unterdessen das Spritzerspiel, und Marcel folgt ihrem Beispiel: Es ist ein unvergesslicher Augenblick, und er versucht, ihn in die Länge zu ziehen und in seiner ganzen Vielfalt auszukosten.

Und während er diese Anstrengung unternimmt, fällt ihm plötzlich die Todesrutsche ein, die er ausprobieren will. Er sagt es Gummi und Stefán, und sie antworten, dass das möglich sei, stellen aber klar: »Pass auf, wenn du die Turmstufen hinaufsteigst, musst du so schnell laufen, wie du nur kannst, denn der Körper wird sofort kalt, und dann fängt man an zu zittern, und am Ende erfriert man.«

Jetzt hat Marcel furchtbare Angst: Er betrachtet den hohen Turm, dessen Treppe zum Einstieg in die Todesrutsche führt, und denkt, dass es mindestens hundert Stufen sein dürften, die dem Wind ausgesetzt sind, und dass er jetzt patschnass ist und nur eine Badehose anhat. Er hat Angst. Er merkt, dass es vielleicht besser wäre, die ganze Sache zu vergessen. Genau in diesem Augenblick rennen Gummi und Stefán los und brüllen: »Wer als Letzter ankommt, ist ein Feigling!«

Da stellt Marcel das Denken ein und versucht, sie einzuholen.

Die Stufen sind glitschig und vereist, weil der Badewärter sich nicht die Mühe gemacht hat, sie mit Salz zu bestreuen.

Marcel versucht, in aller Eile hinaufzuklettern,

weil die Kälte schon da ist und bald unerträglich sein wird.

Einmal blickt er nach oben: Zum Glück hat er schon den halben Weg zurückgelegt. Als er endlich die Turmspitze erreicht, ist er der Erste, aber seine Lippen sind violett vor Kälte und zittern.

Schweigend blickt er in das schwarze Loch, das sich endlich vor ihm öffnet, und er denkt, dass er jetzt wirklich Angst hat und umkehren will.

Er sagt zu Gummi: »Da gehe ich nicht hinein!«

Aber Gummi, der mit den Zähnen klappert, warnt ihn: »Du wirst erfrieren, wenn du alle Stufen wieder hinuntergehst.«

Stefán, der noch mehr durchgefroren ist, haut in dieselbe Kerbe: »Wird's bald? Gleich bin ich ein Eiszapfen!«

Marcel schließt die Augen, zählt bis drei, und bei drei setzt er sich in die Rutsche.

Kaum eine Minute später taucht er ins Wasser des darunter liegenden Schwimmbassins ein und wirbelt tausend Spritzer auf. Gummi und Stefán folgen ihm unmittelbar nach: »Na, hat es dir gefallen?«, fragen sie ihn gleich, und ihre Pupillen sind von der Dunkelheit im Tunnel und vor Aufregung geweitet.

Marcel wird sich bewusst, dass er in seinem ganzen Leben noch nie etwas Lustigeres gemacht hat: Da verspürt er den starken Wunsch zu brüllen und tut es. Auch Gummi und Stefán brüllen mit ihm, und als sie erschöpft sind, kommen sie zu dem Schluss, dass es Zeit sei, sich in den Heißwassertümpeln zu entspannen.

Jetzt sind Marcel, Gummi und Stefán im Tümpel Nummer zwei. Das Wasser ist glühend heiß, und Marcel macht sich die Intimität dieses Moments zunutze und fragt seine neuen Freunde über ihren Körper aus: Wann er sich geändert hat.

»Ich weiß es nicht«, sagt Gummi, »das passiert nicht von einem Tag auf den anderen.«

»Es passiert, und damit basta«, pflichtet Stefán ihm bei. »Ich kann mich nicht einmal erinnern, wie es passiert ist, und jetzt bin ich eben so, wie ich bin. Nur eines steht fest: Sobald dir das passiert, gibt es keinen Weg zurück: Überall sprießen dir diese Pickel, und du bekommst auch eine Quäkstimme.«

»Was für eine STIMME?«, fragt Marcel.

5

Jetzt sitzen Mariette und Marcel im Taxi auf dem Weg zum Hotel Borg, zwischen ihnen herrscht Schweigen: Auch wenn er wollte, könnte er nicht sprechen, so sehr drängen ihm die Tränen in die Augen, und seine Kehle ist zugeschnürt.

Mariette dagegen ist so glücklich über ihre neue Bekanntschaft, dass sie nicht bemerkt hat, wie in Marcel eine Welt zusammengebrochen ist. Auch als das Taxi vor dem Hotel eintrifft, schweigen sie immer noch.

Bis Marcel mit leiser Stimme verkündet: »Ich gehe gleich ins Bett.«

Mariette lächelt ihn zerstreut an und sagt: »Das Schwimmbad macht einen so müde.«

Sie sagt es, als würde sie täglich dorthin gehen: Aber sie ist noch niemals schwimmen gegangen. Sie kann gar nicht schwimmen.

Der nächste Tag jedoch ist ein wichtiger Tag, und Marcel kann gewiss nicht ohne Abendessen zu Bett gehen. Mariette erinnert ihn daran.

»In Ordnung«, antwortet er und findet sich damit

ab, dass er etwas essen muss, aber in seinem Zimmer, allein.

Marcels Zimmer ist jetzt nicht mehr gemütlich und bequem: Ihm wird plötzlich klar, dass es klein und düster ist. Die Bilder sind beängstigend geworden, und der Schwefelgeruch des Wassers ist ein grauenhafter Gestank. Und ausgerechnet vor dem Waschbecken im Bad bricht Marcel in Tränen aus. Es ist sein Spiegelbild, das ihn zum Weinen bringt.

Mariette spricht währenddessen im Zimmer nebenan am Telefon mit ihrer Schwester. Sie erzählt ihr von Hákon und davon, wie schön er ist. »Er scheint ein ernsthafter Typ zu sein, und so jung und unerfahren …«

Während sie spricht, leidet Marcel unter seinem Schmerz wie unter hohem Fieber. Der Gedanke, er könnte womöglich bald seine Stimme und damit sein Leben als Opernsänger verlieren, wühlt ihn auf: Er lastet schwer auf seiner kleinen weißen Brust.

Das, was Gummi und Stefán ihm gerade gesagt haben, könnte falsch sein: eine Lüge, vielleicht. Aber wenn es wahr wäre? Wenn es wahr wäre, dass sich im Laufe der Jahre die Stimme der Kinder verändert?

Und in der Tat haben sein Vater, aber auch Alexander und alle anderen erwachsenen Männer, die er kennt, eine ganz andere Stimme als er: aber keine Quäkstimme, sondern ein dunkleres Timbre. Es muss also wahr sein. Aber warum hat er nicht früher daran denken können?

(…)

Alexander schreibt jetzt optimistisch in sein Tagebuch. Der Verlauf der Generalprobe hat ihn aufgeheitert. »Jetzt ist alles perfekt«, hat er soeben geschrieben, als jemand an seine Tür klopft. Aber es ist spät: Vor Kurzem war es Mitternacht.

Der Maestro legt den Stift beiseite und denkt, dass vielleicht etwas Schlimmes passiert ist. Tatsächlich ist es Mariette: Und sie weint. Alexander hört ihr zu.

»Er will nicht mehr singen! Er hat gesagt, dass er nicht mehr singt, und basta! Es ist meine Schuld, Maestro. Das Schwimmbad, wissen Sie … Und dann die beiden Jungen, die er dort kennen gelernt hat, die haben ihm das von der Stimme erzählt: Dass sie sich ändert …«

Alexander rührt sich nicht. Die Tür steht noch offen: Mariette redet weiter.

»Sie müssen mit ihm reden, Maestro: Jetzt ist wirklich der Teufel los. Er hat geschworen, dass er morgen nicht singen wird, und dass er überhaupt nie mehr singen wird!«

Alexander hört zu, versteht aber nicht genau, was

geschehen ist. Er wartet, bis Mariette sich beruhigt, und dann befragt er sie erneut, ohne zu begreifen. »Jetzt ist der Kleine in seinem Zimmer. Er spricht mit seinen Eltern: Er wollte, dass ich sie anrufe, und hat sofort angefangen, sie zu beleidigen. Er hat gesagt, dass sie ihn angelogen hätten. Dass sie ihm die Wahrheit verheimlicht hätten.«

Alexander wendet sich zum Telefon. »Verbinden Sie mich mit Rebecca Lunardi«, sagt er sehr schroff zum Portier.

(…)

Jetzt sind Marcel und Rebecca zusammen. Es ist inzwischen ein Uhr nachts, und fast alle in Reykjavík schlafen. Marcel hat lange geweint. Seine Augen triefen, und seine Wangen sind nass von klebrigen Tränen. Rebecca streichelt ihn sanft.

»Die Stimme ändert sich bei allen«, sagt sie zu ihm. »Und es ist nicht wahr, dass sie quäkend wird. In deinem Alter ändert sie sich, das stimmt, und während sie sich ändert, klingt sie nicht sehr angenehm: Aber dann erholt sie sich und wird wieder schön. Es wird nicht mehr deine Stimme von jetzt sein – das ist wahr –, und vielleicht wirst du nie wieder singen können. Aber wer weiß? Möglicherweise wirst du ein guter Tenor!«

Er hört ihr schweigend zu, den Kopf in ihren Schoß gelegt, bis Rebecca hinzufügt: »Ich verrate dir ein Geheimnis: Auch bei mir ist es bald so weit. In ein oder zwei Jahren werde ich nicht mehr singen können.«

Da hebt Marcel das Gesicht und fragt durch seine Tränen hindurch: »So ist also das Leben?«

»Ja, genau so ist es«, erwidert ihm Rebecca. »Aber wir müssen morgen trotzdem singen: Wir müssen es in erster Linie für Alexander tun, aber auch für uns selbst. Und wenn es das letzte Mal wäre, dass wir das tun. Wir können uns nicht zurückziehen. Und außerdem: warum?«

Marcel hört zu, sagt aber lange kein Wort. Bis Rebecca erneut das Schweigen bricht: »Also, singen wir?«, fragt sie hoffnungsvoll.

»Ich weiß nicht«, antwortet er mit halblauter Stimme.

»Wenn du wirklich beschlossen hast, nicht mehr zu singen, dann richte es wenigstens so ein, dass das auch für dich das Abschiedskonzert ist.«

Marcel sieht sie an: Seine Augen nehmen einen merkwürdigen Ausdruck an. Einen boshaften. »In Ordnung«, sagt er, »ich werde zum letzten Mal singen: Aber dann muss es auch für dich das letzte Mal sein.«

Rebecca fühlt, wie ihr der Puls heftig in den Schläfen und in der Kehle pocht.

Genau in diesem Augenblick klopft Alexander an die Tür. Sie öffnet ihm und überfällt ihn mit folgender Ankündigung: »Marcel und ich haben gemeinsam einen wichtigen Beschluss gefasst: Wie für dich wird es morgen auch für uns beide das letzte Konzert sein. Weder ich noch er werden je wieder vor Publikum singen.«

6

Jetzt ist es Nacht. Es ist die Nacht vor dem Konzert. Die Uhr in Rebeccas Zimmer steht auf 03:31. Sie sieht diese roten Leuchtziffern an, die das Dunkel erhellen, und denkt, dass auch Alexander, wie sie, wach sein wird. Doch er blickt nicht auf die Uhr. Er liegt regungslos im Bett, die Augen halb geschlossen. Viele Gedanken schwirren ihm durch den Kopf: Und sie alle sind voller Zweifel. Viele dieser Gedanken beziehen sich auf Marcel, auf seine Tränen wenige Stunden zuvor, den neuen Schmerz, der mit der Erkenntnis einherging, dass seine Stimme sich bald ändern wird.

Alexander denkt, dass das Konzert ein Misserfolg werden könnte, aber er lässt sich nicht entmutigen: Viel wird vom kleinen Marcel abhängen: Sein Vater ist am Telefon streng mit ihm gewesen; er hat nichts anderes getan, als in den neuen Wunden des Sohnes herumzustochern und sie mit der Kälte seiner Worte noch weiter aufzureißen.

Tatsächlich wälzt Marcel sich jetzt sehr ruhelos in seinem Bett herum. Mariette ist bei ihm und streichelt ihm sanft über die Haare.

»Warum atmen wir nicht einmal richtig durch und versuchen zu schlafen, mon petit?«, flüstert sie ihm zu.

Aber Marcel antwortet nicht: Mariette hört nur im tiefen Dunkel des Zimmers, wie sein Atem die Stille der Nacht wie eine Klage durchschneidet.

Der Portier des Hotel Borg liest unterdessen *Huset med den blinde glasveranda* von Herbjørg Wassmo. Er ist gerade auf Seite 56 angelangt, als das Telefon klingelt: Er blickt darauf und liest die Zimmernummer ab. Es ist Rebecca Lunardi.

»Sie wird doch wohl nicht noch mehr Papier zum Schreiben haben wollen?«, denkt er, während er sich mit seiner Nachtstimme meldet.

»Hier spricht Rebecca Lunardi. Bitte rufen Sie mich morgen früh an, sobald der Maestro zum Frühstück nach unten geht.«

»Selbstverständlich«, antwortet der Portier.

Kurzes Schweigen: Dann redet Rebecca weiter. Verlegen fragt sie: »Haben Sie vielleicht Valium da?«

»Valium?«

»Ja, das in Tropfenform. Wissen Sie ..., ich kann heute nicht richtig einschlafen.«

»Es tut mir leid, aber an der Rezeption halten wir keine Medikamente bereit.«

»Und wo dann? Gibt es vielleicht hier in der Nähe eine Apotheke?«

»Sehen Sie, Frau Lunardi, ich glaube, für solche Medikamente braucht man ein ärztliches Rezept.«

Dann, nach kurzem Schweigen: »Um die Wahrheit zu sagen, ich glaube, ich habe ein Fläschchen, zu Hause, irgendwo. Warten Sie einen Augenblick ...«

(Er ruft über die zweite Leitung seine Frau an, die tief erschrocken den Hörer abnimmt.)

»Sigrid, ich bin's, Einar: Es gibt hier eine Art Notfall; die Sängerin kann nicht einschlafen und hat um Valium gebeten.«

»Valium? Und was habe ich damit zu tun?«

»Im Badezimmerschränkchen: Dort müssten wir ein halbes Fläschchen haben: Pass auf, dass das Datum nicht abgelaufen ist!«

»Einar, du bist verrückt: Weißt du nicht, wie viel Uhr es jetzt ist?«

»Doch ... Ich weiß, es ist fast vier. Aber wenn die da nicht schläft, geht morgen vielleicht das ganze Konzert in die Binsen.«

(Sie steht vom Bett auf und tappt im Dunkeln nach ihren Pantoffeln.) »Lass mich nachsehen.«

Während er wartet, nimmt Einar das Gespräch mit Rebecca wieder auf: »Vielleicht finden wir diese Tropfen: Wissen Sie, meine Frau ...«

»Sie haben sie doch nicht etwa aufgeweckt?«, erwidert Rebecca.

»Wen? Meine Frau? Bestimmt nicht, sie leidet unter Schlaflosigkeit: Sie ist immer wach! Einen Moment, einen Moment: Sie ist wieder in der Leitung.«

»Einar: Ich habe sie gefunden, sie laufen erst 2003 ab.«

»Gut, schaffst du es, sie gleich herzubringen?«

»In Ordnung, ich komme. Hoffen wir, dass die Sängerin uns ein schönes Trinkgeld gibt.«

(Der Portier wendet sich wieder an Rebecca.)

»Alles klar, Frau Lunardi, die Tropfen werden gleich hier sein.«

»Danke, vielen Dank: Das ist wirklich sehr freundlich von Ihnen.«

»Aber bitte sehr, keine Ursache: Ich bin Nachtportier, und es ist meine Aufgabe, auch die ungewöhnlichsten Wünsche zu erfüllen.«

(…)

Jetzt ist Sigrid gerade in den Lift gestiegen. Mit der Hand umklammert sie das Fläschchen mit dem Valium. Einar hätte es abgegeben, aber seine Frau war zu neugierig und wollte Rebecca persönlich kennenlernen und deshalb selbst hinauffahren.

Jetzt klopft sie an die Tür. Sie klopft leise. Rebecca öffnet ihr und dankt ihr sofort: »Wissen Sie, morgen ist das Konzert, und es ist gut, wenn ich schlafe«, sagt sie dankbar.

»Zum Glück hatten wir die Tropfen im Haus…«, sagt Sigrid, während ihr Rebecca liebenswürdig einen Fünftausend-Kronen-Schein in die Hand gleiten lässt.

Als Rebecca dann die Tür schließt, ist sie wieder allein und kann die Tropfen abzählen, die sich, zähflüssig wie sie sind, mit dem kalten Wasser vermischen. Sie zählt zehn ab und hält inne. Sie würde gern mehr davon nehmen, aber sie hat Angst, dass sie ihrer Stimme schaden könnten. »Auch ein Schlafdefizit kann schädlich sein«, denkt sie: Und sie schraubt die weiße Kappe des Fläschchens wieder auf und fügt noch ein paar Tropfen hinzu.

Das Valium schmeckt widerlich süß und lässt sich schwer hinunterschlucken.

Inzwischen hat Sigrid das Hotel Borg verlassen und kehrt nach Hause zurück. Sie muss durch die Austurstræti gehen, die Straße vor dem Café Ozio überqueren, und dann, nachdem sie die Laugavegur passiert hat, wird sie kurz vor der Bushaltestelle links in die Klapparstígur einbiegen müssen.

7

Jetzt ist es Morgen, und Hákon geht in Richtung Tjörnin. Die Stadt verharrt in Regungslosigkeit: Nur er bewegt sich, langsam. Oscar erkennt ihn schon von Weitem.

Sein Schild ist inzwischen lädiert, und die Ecken des Kartons sind rund geworden und haben sich aufgewellt.

Es sind nur noch wenige Stunden bis zum Konzert, aber er sitzt immer noch da wie erstarrt und wartet, dass irgendjemand ihm ein Tauschgeschäft anbietet.

Doch niemand tut es.

Alle gehen geradewegs an ihm vorbei und pfeifen auf ihn und seine große Leidenschaft für die Musik.

Oscar blickt nach oben, sieht einen Mann, der die isländische Flagge auf dem Parlamentsgebäude herrichtet, und denkt, dass diese Idee mit der Auslosung ungerecht ist. Er denkt, dass diejenigen, die für die Teilnahme an Alexanders Konzert ausgelost wurden, keinerlei Verdienst haben und das Schicksal sie umsonst auszeichnet.

Das denkt er besonders in Bezug auf Hákon.

In den vergangenen Tagen hat er im *Morgunbladid*

über ihn gelesen. Seine Bemerkungen über Pergolesis *Stabat Mater* haben ihm wegen ihrer ganzen Oberflächlichkeit einen Stich versetzt.

Doch er wird dabei sein.

Sind dies vielleicht die Leute, die Alexander für sein letztes Konzert verdient? So banale und bornierte Typen wie Hákon Pétursson?

»Wie ungerecht das Leben ist!«, sagt Oscar laut und in dem Augenblick, als Hákon an ihm vorübergeht.

Dann sieht er ihn an. Er könnte den Mund halten, wie es seinem Wesen entspricht. Stattdessen aber redet er ihn an.

»He, du!«

Hákon dreht sich um.

»Hast du das Schild nicht gelesen? Tust du so, als wäre das nichts, wie all die anderen?«

Hákon bleibt stehen, geht zwei Schritte zurück und wird sich tatsächlich bewusst, dass er eine Eintrittskarte für Alexanders Konzert besitzt und dass dieses Schild ihn also etwas angeht.

Er denkt auch, dass Oscar ein wirklich anmaßender Typ und diese Geschichte mit dem Schild einfach lächerlich ist: ein Blödsinn.

Andererseits ärgert ihn eine so große Beharrlichkeit nicht nur, sie macht ihn auch neugierig.

»Stimmt das, was da draufsteht?«, fragt ihn Hákon.

»Und ob das stimmt!«, antwortet Oscar.

»Und dann wärst du also, nur um bei diesem langweiligen Konzert dabei sein zu können, bereit, wirklich alles zu tun?«

»Natürlich. Alles. Kannst du nicht lesen?«

»Ich kann lesen, aber man muss nachprüfen, ob das, was geschrieben ist, auch wirklich wahr ist. Lass mich nachdenken. Also: Wir wollen mal sehen ... Wenn ich dir meine Eintrittskarte gäbe, würdest du ... Ja, der See: Würdest du auch in den vereisten See springen?«

»Natürlich.«

»Und hättest du auch den Mut, fünf Minuten drinnen zu bleiben?«

Hákons und Oscars Blicke treffen sich: Es ist eine Herausforderung.

Und während Hákon ihn schweigend beobachtet, denkt Oscar nach: Er glaubt, dass das Wasser des Sees wirklich kalt ist und dass es im Pfadfinderbuch ein Kapitel über solche Dinge gegeben hat.

Er meint, dass fünf Minuten schon gefährlich sein könnten, aber er erinnert sich nicht. Und er versucht, sich zu konzentrieren, um diesen aberwitzigen Vorschlag einzuschätzen, um abzuwägen, ob sich die Mühe lohnt.

Aber Hákon hat nicht so lange Zeit, bis Oscar die Sache abgewogen hat. Er ist in Eile und muss weitergehen.

»Na«, höhnt er, »ich sehe, dass du keinen Mumm hast und dass dieses Schild nichts ist als ein Bluff: Die Leute sollten wissen, dass du ein Betrüger bist!«

Da hört Oscar auf nachzudenken und erhebt sich.

»Ich komme mit dir«, sagt er nur.

Und er macht sich auf den Weg.

(…)

Der Tjörnin ist ganz in der Nähe. Man muss nur den Templarasund überqueren. Bei jedem Schritt schlägt Oscars Herz dreimal. Auch das von Hákon schlägt jetzt schneller als sonst. Die beiden gehen zügig, bis sie ans Ufer gelangen, in dessen Nähe sich eine Quelle befindet, die, über wenige Meter, die dicke Eisschicht zum Schmelzen bringt.

»Hier musst du hineinspringen: Zwischen den Schwänen«, sagt Hákon und zieht sich die Uhr vom Handgelenk.

»Und ohne Kleider: Zieh sie aus!«

Oscar gehorcht. In seinen Augen liegt eine merkwürdige Dankbarkeit. Bis zu dem Augenblick, in dem er ins Wasser eintaucht, da muss er sie schließen, so stark schmerzt die Kälte, die ihn packt.

Da es ihm nicht gelingt, mit den Füßen den Grund zu berühren, bleibt er am Rand und klammert sich am Beton fest. Sofort überfällt ihn die Angst: Oscar versucht, sie zu vertreiben, indem er an Göteborg denkt. In der Zwischenzeit färben sich seine Lippen violett, und die Finger beginnen ihre Empfindlichkeit zu verlieren.

»Eine Minute!«, schreit Hákon, dessen Augen vor Aufregung weit aufgerissen sind.

Oscar friert sehr, aber er hält durch: In vier Minuten wird die Eintrittskarte für Alexanders *Stabat Mater* ihm gehören.

Aber die Kälte setzt ihm immer mehr zu, und als die erste Hälfte der zweiten Minute vorbei ist, schwinden Oscar beinahe die Kräfte.

Ja, er beginnt zu zittern. Aber es handelt sich nicht um ein gewöhnliches Zittern. Sein ganzer Körper bebt plötzlich krampfartig: Auch die Lippen und die Augenlider zittern. Es ist schrecklich: Hákon beobachtet ihn schweigend und blickt dann wieder auf die Stoppuhr: Es sind drei Minuten und achtzehn Sekunden vergangen.

Oscar versucht, die Augen offen zu halten. Er sieht sämtliche roten Blumen im Geschäft seines Vaters vor seinen Augen und hofft, dass diese Farbe ihn aufwärmen könnte, zumindest ein wenig. Und es fehlt nur noch eine Minute, als Oscar bemerkt, dass die Kräfte ihn verlassen. Jetzt weiß er nicht mehr, ob es ihm gelingen wird durchzuhalten. Nein, er fürchtet, er wird es nicht schaffen.

Trotzdem macht er weiter.

Sein Körper ist bereits ein einziges Zittern: Was Hákon wahnsinnig freut.

Und jetzt sieht Oscar den Tod auf der Holzbank sitzen, vor dem See.

Er ist da, regungslos, und wartet schweigend auf ihn.

(…)

Das Krankenhaus von Fossvogur ist groß, aber seine Zimmer sind alle leer. Nur die Nummer 38 ist belegt. Wenn man durch den Spalt der angelehnten Tür blickt, erkennt man zwei Personen. Eine von ihnen schaut aus dem breiten Fenster, während die andere regungslos im Bett liegt.

Zwischen ihnen herrscht tiefes Schweigen. Man hört nur den regelmäßigen Atem, den die Sauerstoffflasche über die durchsichtige Maske in Oscars Lungen pumpt.

Nachdem Hákon lange auf den hohen Fernsehturm gestarrt hat, dreht er sich um. Er zieht aus seiner Tasche die Eintrittskarte für Alexander Norbergs letztes Konzert heraus. Er betrachtet sie und wird sich bewusst, dass sie ihm nicht mehr gehört: Dann überreicht er sie dem Sieger, indem er sie direkt neben dessen Hand legt, auf die weiß-blaue Innenseite des Umschlaglakens.

Kurz darauf sieht Oscar ihn aus dem Zimmer gehen, aber er versteht es nicht, und er erinnert sich auch nicht mehr an das, was ihm soeben widerfahren ist.

8

Es ist sieben Uhr abends am 31. Januar 2001, und in Kürze wird das Konzert beginnen.

In Grindavík wirft der kleine Matthias einen verstohlenen Blick in Rósas Haus. Sie war als einzige Bewohnerin seines Dorfes ausgelost worden und hatte eine Karte für Alexanders *Stabat Mater* erhalten. Es gibt viele, die das schmerzt. Matthias beobachtet sie, wie sie, in einen Bademantel gehüllt, das Schlafzimmer betritt. Ihr Körper muss fast noch dampfen, während sie sich anzieht.

Ihre Familie bebt unterdessen schon vor gespannter Neugierde, sie im Abendkleid zu sehen, auch wenn sie es immer gehasst hat, dieses Gewand anzuziehen, weil es ärmellos ist und man sich die Achselhaare entfernen muss. Und außerdem wird es überflüssig sein, denn in der Kirche wird eine solche Kälte herrschen, dass man den Mantel gut zugeknöpft lassen muss. Als Rósa endlich fertig ist, macht ihr Sohn, der diesen Augenblick als etwas Denkwürdiges festhalten will, eine Polaroidaufnahme.

»Die Perlenkette!«, ruft er aus. Aber es ist schon zu spät; das Konzert soll um neun Uhr beginnen.

»Versprich, dass du dich an alles erinnern wirst, tu es für mich«, sagt ihr Mann, während sie das Haus verlässt. Seit dem Mittagessen hat sie nichts mehr zu sich genommen.

»Essen beschmutzt die Seele«, hat ihr Vetter immer gesagt.

Ihren Vetter mochte sie sehr. Er war schön und hatte schwarze Augen.

Einmal, als sie noch Kinder waren, hatte er sie aufgefordert, ihm in den Lagerraum des Restaurants zu folgen, wo die Bierfässer und die übrigen Vorräte aufbewahrt wurden. Dort hatte er sie geküsst. Seine Lippen waren weich und feucht: Für Rósa waren sie die eines Prinzen.

Er hatte ihr dann etwas Neues ins Ohr geflüstert. Rósa hatte Nein sagen wollen, aber der Kopf war ihr so federleicht geworden, dass er sich auf dem Hals nur mühsam im Gleichgewicht hielt.

Niemals hatte sie jemandem anvertraut, was an jenem Tag geschehen war: Sie erinnerte sich aber oft daran. Vor allem dann, wenn sie sich in den Lagerraum begab: Der herbe Geruch, der dort in der Luft hing, weckte ihre Erinnerung und führte sie so weit zurück, bis es ihr vorkam, als erlebte sie aufs Neue, wie dieser heftige Schmerz ihren ganzen Körper durchdrang, ihr in die Augen stieg und diese zum Tränen brachte.

(…)

Jetzt richtet sich Rósa vor dem Spiegel das Haar. Sie hätte zu Otta gehen können, der Friseurin, aber sie hat es vergessen. Oder vielleicht ist sie absichtlich nicht hingegangen. Die Vorstellung, mit Otta und ihren Kundinnen zu diskutieren, muss sie abgeschreckt haben. Sie wären vor Neid geplatzt, und sie hätte sich unwohl, ja plötzlich traurig gefühlt.

Tatsächlich ist sie jetzt froh, dass sie sich die Haare allein herrichtet.

Der dem Wasser innewohnende Schwefelgeruch hat sich mit dem Aroma der grünen Orangen von Hermès gemischt. Es ist ein Parfüm, das Rósa sehr liebt. Ihre Mutter benutzte es immer bei besonderen Anlässen, und auch Audrey Hepburn tat das.

Jetzt, da Rósa frisiert ist, sagt ihr Sohn, dass sie perfekt aussehe und beim Konzert die Schönste sein werde.

»Es ist kein Zufall, dass ich mich neben Hákon Pétursson setzen muss«, antwortet sie und zieht die Augenbrauen sehr weit in die Höhe.

In der Tat ist Rósa eine schöne Frau, und die Männer haben oft den Wunsch verspürt, sie zu besitzen.

(…)

Grindavík ist ein Häuserkarree inmitten der schwarzen Lava: Eine Straße verbindet es mit dem internationalen Flughafen und mit Reykjavík.

Sehr lange ist dieses Dorf ein vergessener Fleck gewesen, und niemand ist je dorthin gefahren. Die Leute von Grindavík sind oft nach Kopenhagen, nach Paris und auch nach New York geflogen, aber kaum je hat sich ein Einwohner dieser großen Städte die Mühe gemacht, bis nach Grindavík vorzudringen. Und warum eigentlich auch?

So hatte es also zwischen Grindavík und dem Rest der Welt über lange Zeit einen sehr ungleichen Austausch von Menschen gegeben.

Doch dann war unweit des Dorfes ein wundertätiges Wasser entdeckt worden, von dessen wohltuenden Eigenschaften auch das Ausland erfahren hatte. Da waren die Touristen und die unter Psoriasis Leidenden nach Grindavík geströmt und hatten es reich gemacht.

Auch Rósa hatte dank diesem stillen und ein wenig trüben Wasser ihr Restaurant ausbauen können, denn die mit Touristen beladenen Autobusse der Reiseagentur Guðmundur Jónasson legten fast immer bei ihr eine Rast ein.

Im Ort waren deswegen alle eifersüchtig geworden und hatten angefangen, sich zu fragen, warum diese Reiseagentur sie so bevorzugte. Schließlich war man zu dem – allerdings unrichtigen – Schluss gekommen, dass Rósa dem Fahrer von Guðmundur Jónasson ihren Körper angeboten und ihn im Gegenzug darum gebeten habe, ihr Restaurant den Touristen zu empfehlen, die nach dem Besuch der Blauen Lagune nach Reykjavík zurückkehrten.

(…)

Jetzt hat Rósa soeben ihr Haus verlassen und steigt in den blauen Lieferwagen, um sich auf den Weg zu Alexander Norbergs Abschiedskonzert zu machen.

Die Leute von Grindavík beobachten sie.

In der Nachbarschaft blickt jeder verstohlen aus dem Fenster und spürt den heftigen Schmerz, den der Neid mit sich bringt. Nur die Kinder sind heiter. Sie bereiten sich darauf vor, schlafen zu gehen, ziehen ihre warmen Pyjamas aus Flanell an und warten gespannt auf die Träume, die sie träumen werden. Die Erwachsenen dagegen hoffen, dass Rósas Lieferwagen sich gar nicht erst in Bewegung setzt, und sie wünschen sich auch, dass der Sturm kommen und die Straße nach Reykjavík schwer passierbar machen und verwüsten möge.

Zum Glück für Rósa bleiben diese bösen Gedanken Gefangene der Häuser, in denen sie geboren wurden: Es ist zu kalt draußen, und die Verwünschungen weigern sich, hinauszugehen und sie einzuholen. Tatsächlich fährt ihr Lieferwagen sofort los, und sie steuert ihn problemlos bis nach Reykjavík. Als sie schließlich am Ziel eintrifft, bleiben nur noch wenige Minuten bis zum Konzertbeginn, und der Rest des Publikums befindet sich bereits im Gebäude.

Außerhalb der Kirche haben sich unterdessen Hunderte von Journalisten versammelt, und alle drängen sich an den Absperrungen rund um den Eingang. Sobald Rósa eingetreten ist, überprüft der Pfarrer noch einmal die Liste: Jetzt fehlt nur noch eine Person. Aber es ist schon spät, und das Konzert muss beginnen. Rósa gelangt zur dritten Reihe und setzt sich hin: Sie glaubt, neben sich Hákon Pétursson anzutreffen, doch sein Platz ist leer.

Genau in diesem Augenblick werden die Türen geschlossen, und während der Pfarrer wie ein Reptil zum Altar eilt und mit einem Pfiff um Stille bittet, denkt Rósa, dass Hákon Pétursson wirklich ein Schwachkopf ist.

Unterdessen berichtet die BBC live für die englischen Nachrichten.

In den Londoner Fitnessstudios laufen die Leute – vom langem Arbeitstag ermattet – auf dem Laufband und starren dabei auf den großen Bildschirm. Alle möchten über Alexander Norberg und sein letztes Konzert informiert werden.

Der Reporter sagt: »Hier spricht Sam Jones. Ich befinde mich vor der alten Domkirche von Reykjavík, die 1796 eingeweiht wurde. Hier beginnt jetzt, während ich mit Ihnen spreche, das letzte Konzert von Alexander Norberg. Aufgeführt wird das *Stabat Mater* von Giovanni Battista Pergolesi für ein Publikum, das aus 52 Personen besteht, welche auf der Grundlage des Telefonbuchs von Reykjavík und der benachbarten Ortschaften ausgelost wurden. Ich darf daran erinnern, dass Alexander Norberg vor Kurzem die Ernennung zum Chefdirigenten der Berliner Philharmoniker abgelehnt und gleich darauf seinen Rückzug angekündigt hat. Das Gleiche haben heute Morgen überraschenderweise auch die beiden Sänger Rebecca Lunardi und Marcel Vanut getan: Auch sie werden nach der heutigen Nacht nie mehr singen. Wie Sie sehen können, schneit es ausgiebig, und das Thermometer zeigt eine Temperatur von zwei Grad unter null an. Eine letzte Kuriosität: Von den 52 Leuten, die als Teilnehmer des Konzerts ausgelost wurden, ist nur einer nicht erschienen. Es handelt sich um Herrn Hákon Pétursson, der heute Abend offensichtlich etwas Besseres vorhatte. Und damit gebe ich zurück nach London. Sam Jones, Reykjavík, für BBC News.«

(…)

Die Lichter werden der Reihe nach gelöscht. Nur die Kerzen auf dem Altar brennen weiter.

Dann breitet Alexander die Arme aus, und plötzlich setzt die Musik ein.

Stabat Mater

Stabat Mater Dolorosa
Juxta crucem lacrimosa
dum pendebat Filius.

Cuius animam gementem,
contristatam et dolentem,
pertransivit gladius.

O quam tristis et afflicta
fuit illa benedicta
Mater Unigeniti,

Quae maerebat et dolebat,
Pia Mater, cum videbat
Nati poenas incliti.

Quis est homo, qui non fleret,
Matrem Christi si videret
in tanto supplicio?

Quis non posset contristari,
Christi Matrem comtemplari
dolentem cum Filio?

Pro peccatis suae gentis
vidit Jesum in tormentis
et flagellis subditum.

Vidit suum dulcem Natum
Moriendo desolatum
cum emisit spiritum.

Eja Mater, Fons Amoris,
me sentire vim doloris
fac, ut tecum lugeam.

Fac ut ardeat cor meum
in amando Christum Deum,
ut sibi complaceam.

Sancta Mater, istud agas,
Crucifixi fige plagas
cordi meo valide.

Tui Nati Vulnerati,
tam dignati pro me pati,
poenas mecum divide.

Fac me vere tecum flere,
Crucifixo condolere,
donec ego vixero.

Juxta crucem tecum stare,
te libenter sociare
in planctu desidero.

Virgo virginum praeclara,
mihi jam non sis amara,
fac me tecum plangere.

Fac ut portem Christi mortem,
passionis fac consortem
et plagas recolere.

Fac me plagis vulnerari,
cruce hac inebriari
ob amorem filii.

Inflammatus et Accensus
per te, Virgo, sim defensus
in die judicii.

Fac me cruce custodiri,
morte Christi Praemuniri,
confoveri gratia.

Quando corpus morietur
fac ut animae donetur
Paradisi gloria.

Amen.

Jacopone da Todi, ca. 1230–1306

Christi Mutter stand mit Schmerzen
Bei dem Kreuz und weint von Herzen,
Als ihr lieber Sohn da hing.

Durch die Seele voller Trauer,
Seufzend unter Todesschauer,
Jetzt das Schwert des Leidens ging.

Welch ein Weh der Auserkornen,
Da sie sah den Eingebornen,
Wie er mit dem Tode rang.

Angst und Trauer, Qual und Bangen,
Alles Leid hielt sie umfangen,
Das nur je ein Herz durchdrang.

Wer könnt ohne Tränen sehen,
Christi Mutter also stehen
In so tiefen Jammers Not?

Wer nicht mit der Mutter weinen,
Seinen Schmerz mit ihrem einen,
Leidend bei des Sohnes Tod?

Ach, für seiner Brüder Schulden,
Sah sie Jesus Marter dulden,
Geißeln, Dornen, Spott und Hohn.

Sie sah trostlos und verlassen
Ihn am blutgen Kreuz erblassen,
Ihren lieben, einzgen Sohn.

O du Mutter, Brunn der Liebe,
Mich erfüll mit gleichem Triebe,
Dass ich fühl die Schmerzen dein.

Dass mein Herz, im Leid entzündet,
Sich mit deiner Lieb verbindet,
Um zu lieben Gott allein.

Heilge Mutter, drück die Wunden,
Die dein Sohn am Kreuz empfunden,
Tief in meine Seele ein.

Ach, das Blut, das er vergossen,
Ist für mich dahingeflossen:
Lass mich teilen seine Pein.

Lass mit dir mich herzlich weinen,
Ganz mit Jesu Leid vereinen,
Solang hier mein Leben währt.

Unterm Kreuz mit dir zu stehen,
Dort zu teilen deine Wehen,
Ist es, was mein Herz begehrt.

O du Jungfrau der Jungfrauen,
Woll'st in Gnaden mich anschauen,
Lass mich teilen deinen Schmerz.

Lass mich Christi Tod und Leiden,
Marter, Angst und bittres Scheiden
Fühlen wie dein Mutterherz.

Lass mich tragen seine Peinen,
Mich mit ihm am Kreuz vereinen,
Trunken sein von seinem Blut.

Dass nicht zu der ewgen Flamme
Der Gerichtstag mich verdamme,
Steh, o Jungfrau, für mich gut.

Mach, dass mich sein Kreuz bewache,
Dass sein Tod mich selig mache,
Mich erwärm sein Gnadenlicht.

Lass die Seele sich erheben
Frei zu Gott im ewgen Leben,
Wann mein sterbend Auge bricht.

Amen

NACH DEM KONZERT

Jetzt ist das Konzert beinahe zu Ende. Rebecca und Marcel haben das *Amen* zu Ende gesungen. Eben in diesem Augenblick sind ihre Lippen noch vom Singen geöffnet.

Die Musik verklingt. Die letzte Note hallt zwischen den Mauern der alten Kirche wider: Es ist eine düstere Note, und alle bleiben regungslos, um ihr nachzulauschen.

Während die Stille nach und nach den Klang verdrängt, hält der Maestro den Atem an: Seine Arme sind ausgebreitet wie an einem Kreuz, und die Hände zittern ihm ein wenig: Alexander führt sie langsam zum Gesicht und vergräbt schließlich die Stirn darin.

Dann wendet er sich Marcel und Rebecca zu.

»Danke«, flüstert er.

Aus seinen Augen spricht eine neue Sanftmut.

Rebecca blickt auf die bewegungslosen Zuhörer und denkt darüber nach, dass sie von diesem Moment an nicht mehr singen wird. Sie stellt fest, dass sie darüber froh ist, und bemerkt, dass ihre Angst verflogen ist. Auch Marcel ist glücklich.

Der Pfarrer dagegen ist ratlos. Er kann sich nicht erklären, wie es den Menschen erlaubt sein kann, die Vollkommenheit zu erreichen: Er beugt sich oben über die Brüstung und betrachtet das Publikum, und während er an das psychiatrische Krankenhaus von Reykjavík denkt – wo sich die Menschen befinden, die mit sich selbst reden, aber auch solche, die beschlossen haben, nie mehr zu sprechen –, sagt er: »Mein Gott, heute Nacht wird – hier – jemand in Kleppur landen.«

Kaum werden die Türen geöffnet, drängen sich die Journalisten wieder an den Absperrungen entlang, die den Ausgang der Kirche und den Zugang zum Hotel Borg schützen.

Inzwischen hat es aufgehört zu schneien. Es ist nur noch dunkel, und die Kälte hat sich auf die Gesichter der Neugierigen gelegt und ihre Mienen finster und gemein gemacht.

Es ist seltsam: Alle Zuhörer gehen schweigend hinaus, ohne den Lärm zu bemerken, der von den Reportern und den vielen Blitzlichtern ausgelöst wird, die plötzlich das Dunkel verseuchen.

Rósa wird sich nicht einmal bewusst, dass ihr jemand ein Mikrofon mit einer gelben Schaumgummikugel hinhält: »Sie! Ja, Sie! Bitte sagen Sie uns: Wie ist das Konzert gewesen? Hat es Sie ergriffen? Hat es Patzer gegeben? Warum hat niemand geklatscht?«

(…)

Die Straße nach Grindavík ist dunkel, und ihre Finsterkeit wird durch die schwarze Lava, links und rechts am Straßenrand, noch weiter verfinstert.

Rósa fährt sie entlang: Ihre Fahrweise ist mechanisch und bedächtig. Von oben gesehen würde man glauben, dass der blaue Lieferwagen steht und die Straße ihm langsam entgegenrollt.

Bis die Kreuzung kommt und Rósa plötzlich anhält.

Das Konzert lastet in ihrem Inneren wie ein Schmerz; es hat sich inzwischen überallhin ausgebreitet: Trotzdem lässt sich die Musik nicht in Erinnerung rufen. Rósa schließt die Augen: Sie will sie in ihrem Gedächtnis suchen, aber das Dunkel ist zu tief.

Dann blickt sie nach oben: Der Mond ist noch voll, und die grauen Wolken lassen ihn wie angeschimmelt aussehen.

»Ich will jetzt nicht nach Hause zurückkehren«, denkt sie.

Und sie bleibt allein, von der Stille erfüllt, mit offenen und starren Augen.

ENDE

Nicola Lecca
Frühjahr 2000 – Winter 2005

Anmerkung

Alle Personen und Vorkommnisse, von denen in diesem Roman die Rede ist, sind ausschließlich der Phantasie des Autors entsprungen und finden folglich keine Bestätigung in der Wirklichkeit.

Auch die tatsächlich existierenden Orte, wie das Hotel Borg, das Hotel Dorchester und die Domkirche von Reykjavík, sind neu erfunden worden, um sie besser in die Erzählung einzupassen. Vor allem das Berufsbild des »Grüßers vom Dienst« ist im Stellenplan des Hotels Dorchester in London nicht vorgesehen – auch wenn viele Luxushotels immer noch Leute einstellen, die solche Aufgaben wie Oscar wahrnehmen.

Oscar und alle seine Handlungen sind also ausschließlich Frucht der Phantasie.

Schließlich ist es geboten, Folgendes zu erklären: Im Isländischen werden die Eigennamen Hákon wie »Aukon« und *Laugavegur* wie »Loigavegur« ausgesprochen, während *Morgunbladid* natürlich so viel wie »Morgenzeitung« bedeutet.

Dank

Mein aufrichtiger Dank geht an Francesca dafür, dass sie, als ich im Frühjahr 2000 bei ihr in Venedig zu Gast war, Pergolesis *Stabat Mater* in ihrem Plattenspieler vergessen hatte. An Einar Már und Thór dafür, dass ich durch ihre Bücher Island lieben gelernt habe.

An die *Icelandic Writer's Union* für die Gastfreundschaft, die mir im Winter 2004 in Gunnar Gunnarssóns Haus gewährt wurde. Ein Dankeschön auch an Jasemin, die es mir ermöglicht hat, wie Oscar im *Promenade* des Hotels Dorchester zu arbeiten.

Mein Dank richtet sich an Maestro Muti für seine Hilfsbereitschaft und die Informationen über das *Stabat Mater.*

Danke der Icelandair, die mir das Flugticket für die letzte meiner vielen Reisen nach Island geschenkt hat.

Danke sage ich auch Anna, Carlo, Donatella, Fausto, Franca, Francesca, Gian Piero, Gino, Marilena, Rana und Valentina für ihre liebevolle Beratung.

Bedanken möchte ich mich auch bei Marco, meinem Gastgeber in Ravello, und bei Lena für die Gastfreundschaft im Baltic Centre for Writers and Translators in

Visby, wo ich in Ruhe den Entwurf für diesen Roman ausarbeiten konnte, der dann während einer Reise durch Europa abgefasst wurde.

Mein Dank geht schließlich an Einar Örn, Margrét, Arna Björk, Arndís Ósk und Rósa: Ohne sie wäre Island nicht so schön gewesen.

N. L.